老古董

唐魯孫——著

目錄

饞人說饞——閱讀唐魯孫

逯耀東

前些時，去了一趟北京。在那裡住了十天。像過去在大陸行走一樣，既不探幽攬勝，也不學術掛鉤，兩肩擔一口，純粹探訪些真正人民的吃食。所以，在北京穿大街過胡同，確實吃了不少。但我非燕人，過去也沒在北京待過，不知這些吃食的舊時味，而且經過一次天翻地覆以後，又改變了多少，不由想起唐魯孫來。

七〇年代初，臺北文壇突然出了一位新進的老作家。所謂新進，過去從沒聽過他的名號。至於老，他操筆為文時，已經花甲開外了，他就是唐魯孫。民國六十一年《聯副》發表了一篇充滿「京味兒」的〈吃在北京〉，不僅引起老北京的蓴鱸之思，海內外一時傳誦。自此，唐魯孫不僅是位新進的老作家，又是一位多產的作家，從那時開始到他謝世的十餘年間，前後出版了十二冊談故鄉歲時風物，市廛風俗，飲食風尚，並兼談其他軼聞掌故的集子。

老古董

這些集子的內容雖然很駁雜，卻以飲食為主，百分之七十以上是談飲食的，唐魯孫對吃有這麼濃厚的興趣，而且又那麼執著，歸根結柢只有一個字，就是饞。他在〈烙盒子〉寫到：「前些時候，讀逯耀東先生談過天興居，於是把我饞人的饞蟲，勾了上來。」梁實秋先生讀了唐魯孫最初結集的《中國吃》，寫文章說：「中國人饞，也許北京人比較起來更饞。」唐魯孫的回應是：「在下忝為中國人，又是土生土長的北京人，可以夠得上饞中之饞了。」而且唐魯孫的親友原本就稱他為饞人。他說：「我的親友是饞人卓相的，後來朋友讀者覺得叫我饞人，有點難以啟齒，於是賜以佳名叫我美食家，其實說白了還是饞人。」其實，美食家和饞人還是有區別的。所謂的美食家自標身價，專挑貴的珍饈美味吃，饞人卻不忌嘴，什麼都吃，而且樣樣都吃得津津有味。唐魯孫是個饞人，饞是他寫作的動力。他寫的一系列談吃的文章，可謂之饞人說饞。

不過，唐魯孫的饞，不是普通的饞，其來有自；唐魯孫是旗人，原姓他他那氏，隸屬鑲紅旗的八旗子弟。曾祖長善，字樂初，官至廣東將軍。長善風雅好文，在廣東任上，曾招文廷式、梁鼎芬伴其二子共讀，後來四人都入翰林。長子志銳，字伯愚，次子志鈞，字仲魯，曾任兵部侍郎，同情康梁變法，戊戌六君常集會其家，慈禧聞之不悅，調派志鈞為伊犁將軍，遠赴新疆，後敕回，辛亥時遇刺。仲魯是唐魯孫的祖父，其名魯孫即緣於此。唐魯孫的曾叔祖父長敘，官至刑部次郎，其二女並選入宮侍光緒，為珍妃、瑾妃。珍、瑾二妃是唐魯孫的族姑祖母。民初，唐魯孫時七八歲，進宮向瑾太妃叩春節，被封為一品官職。唐魯孫的母親是李鶴年之女。李鶴年奉天義州人，道光二十年翰林，官至河南巡撫、河道總督、閩浙總督。

唐魯孫是世澤名門之後，世宦家族飲食服制皆有定規，隨便不得。唐魯孫說他家以蛋炒飯與青椒炒牛肉絲試家廚，合則錄用，且各有所司。小至家常吃的打滷麵也不能馬虎，要滷不瀉湯才算及格，吃麵必須麵一挑起就往嘴裡送，筷子一翻動，滷就瀉了。這是唐魯孫自小培植出的饞嘴的環境。不過，唐魯孫雖家住北京，可是他先世遊宦江浙、兩廣，遠及雲貴、川黔，成了東西南北的人。就飲食方面，嘗遍南甜北鹹，東辣西酸，口味不東不西，不南不北變成雜合菜了。這對唐魯孫這個饞人有個好處，以後吃遍天下都不挑嘴。

唐魯孫的父親過世得早，他十六七歲就要頂門立戶，跟外面交際應酬周旋，觥籌交錯，展開了他走出家門的個人的飲食經驗。唐魯孫二十出頭就出外工作，先武漢後上海，遊宦遍全國。他終於跨出北京城，東西看南北吃了，然其饞更甚於往日。他說他吃過江蘇里下河的鮰魚，松花江的白魚，就是沒有吃過青海的鰉魚。後來終於有一個機會一履斯土。他說：「時屆隆冬數九，地凍天寒，誰都願意在家過個閤家團圓的舒服年，有了這個人棄我取，可遇不可求的機會，自然欣然就道，冒寒西行。」唐魯孫這次「冒寒西行」，不僅吃到青海的鰉魚、烤犛牛肉，還在甘肅蘭州吃了全羊宴，唐魯孫真是為饞走天涯了。

民國三十五年，唐魯孫渡海來臺，初任臺北松山菸廠的廠長，後來又調任屏東菸廠，六十二年退休。退休後覺得無所事事，可以遣有生之涯。終於提筆為文，至於文章寫作的範圍，他說：「寡人有疾，自命好啖。別人也稱我饞人。所以，把以往吃過的旨酒名饌，寫點出來，就足夠自娛娛人的了。」於是饞人說饞就這樣問世了。唐魯孫說饞的文章，他最初的文友後來成為至交的夏元瑜說，唐魯孫以文字形容烹調的味道，「好像老殘遊記山水風光，形容黑妞的大鼓一般。」這是說唐魯孫的饞人談饞，不僅寫出吃的味道，並且以吃的場景，襯托出吃的情趣，這是很難有人能比較的。所以如此，唐魯孫說：「任何事物都講究個純真，自己的舌頭品出來的滋味，再用自己的手寫出來，似乎比捕風捉影寫出來的東西來得真實扼要些。」因此，唐魯孫將自己的飲食經驗真實扼要寫出來，正好填補他所經歷的那個時代，某些飲食資料的真空，成為研究這個時期飲食流變的第一手資料。

尤其臺灣過去半個世紀的飲食資料是一片空白，唐魯孫民國三十五年春天就來到臺灣，他的所見、所聞與所吃，經過饞人說饞的真實扼要的記錄，也可以看出其間飲食的流變。他說他初到臺灣，除了太平町延平北路，幾家穿廊圓拱，瓊室丹房的蓬來閣、新中華、小春園幾家大酒家外，想找個像樣的地方，又沒有酒女侑酒的飯館，可以說是鳳毛麟角，幾乎沒有。三十八年後，各地人士紛紛來臺，首先是廣東菜大行其道，四川菜隨後跟進，陝西泡饃居然也插上一腳，湘南菜鬧騰一陣後，雲南大薄片、湖北珍珠丸子、福建的紅糟海鮮，也都曾熱鬧一時。後來，又想吃膏腴肥濃的檔口菜，於是江浙菜又乘時而起，然後更將目標轉向淮揚菜。於是，金齏玉膾登場獻食，村童山老愛吃的山蔬野味，也紛紛雜陳。可以說集各地飲食之大成、彙南北口味為一爐，這是中國飲食在臺灣的一次混合。

不過，這些外地來的美饌，唐魯孫說吃起來總有似是而非的感覺，經遷徙的影響與材料的取得不同，已非舊時味了。於是饞人隨遇而安，就地取材解饞。唐魯孫在臺灣生活了三十多年，經常南來北往，橫走東西，發現不少臺灣在地的美味與小吃。他非常欣賞臺灣的海鮮，認為臺灣的海鮮集蘇浙閩粵海鮮的大成，而且尤有過之，他就以這些海鮮解饞了。除了海鮮，唐魯孫又尋覓各地的小吃。如四臣湯、碰舍龜、吉仔肉粽、米糕、虱目魚粥、美濃豬腳、臺東旭蝦等等，這些都是臺灣古早小吃，有些現在已經失傳。唐魯孫吃來津津有味，說來頭頭是道。他特別喜愛嘉義的魚翅肉羹與東港的蜂巢蝦仁。對於吃，唐魯孫兼容並蓄，而不獨沽一味。其實要吃，不僅要有好肚量，更要有遼闊的胸襟，不應有本土外來之殊，一視同仁。

唐魯孫寫中國飲食，雖然是饞人說饞，但饞人說饞有時也說出道理來。他說中國幅員廣寬，山川險阻，風土、人物、口味、氣候，有極大的不同，因各地供應飲膳材料不同，也有很大差異，形成不同區域都有自己獨特的口味，所謂南甜、北鹹、東辣、西酸，雖不盡然，但大致不離譜。他說中國菜的分類約可分為三大派系，就是山東、江蘇、廣東。按河流來說則是黃河、長江、珠江三大流域的菜系，這種中國菜的分類方法，基本上和我相似。我講中國歷史的發展與流變，即一城、一河、兩江。一城是長城，一河是黃河，兩江是長江與珠江。中國的歷史自上古與中古，近世與近代，漸漸由北向南過渡，中國飲食的發展與流變也寓其中。

唐魯孫寫饞人說饞，但最初其中還有載不動的鄉愁，但這種鄉愁經時間的沖刷，漸漸淡去。已把他鄉當故鄉，再沒有南北之分，本土與外來之別了。不過，他下筆卻非常謹慎。他說：「自重操筆墨生涯，自己規定一個原則，就是只談飲食遊樂，不及其他。以宦海浮沉了半個世紀，如果臧否時事人物惹些不必要的嚕囌，豈不自找麻煩。」一常言道：大隱隱於朝，小隱隱於市。唐魯孫卻隱於飲食之中，隨世間屈伸，雖然他自比饞人，卻是個樂天知命而又自足的人。

一九九九歲末寫於臺北糊塗齋

序

陳紀瀅

近年來在報章雜誌讀到唐魯孫先生的許多文章。其中涉及範圍極廣，如北平飯館的各種特色，北平各階層的風俗習慣，城內外各種名勝，以及明清兩代的典章文物，無不說得頭頭是道，令人嚮往不止。我不多時就懷疑他必是北方賢者，而記憶力如此之強熾，觀察如此之細密，可以說寫同類文章的朋友，誰也比不了他。不但此也，他對江南文物，尤其飲食之道，所發議論，迥非南方朋友能如他那樣認真而詳細。在我未晤教以前，早已料到他是北平人無疑，是美食專家可信，是歷史學者無誤，而其記憶力之強，舉今世同文無出其右，他涉獵之多，更非一般人可比，他足跡之廣，也非寫遊記的朋友們可望其項背。但為什麼前幾年不見他的大作呢？這是我唯一存疑的一個問題。

約在三年前見面了，原來他服務公家，在服務之期事務太忙，無暇為文，且素性含蓄，藏而不露，不像我們知道一點兒便抖落出來，所謂一瓶不滿，半瓶晃蕩是也。他退休後，原住屏東，所以才乘退休之餘暇，慢慢的才把腹笥的貨色曝晒出來。遷來臺北後，著作更多。這種涵養功夫，足為後世法。魯公不但是北平人，而且是旗人，是旗人中的「奇人」，因為不是所有滿族都能對祖宗的事物深道其詳，不是所有北平人都會講食譜與說國劇，因環境不同、生活有異，所謂人各有愛好，見仁見智是也。

魯公所發表的文字，除非我看不見，只要看得見，我無不細讀細嚼，甚而一讀再讀，這在工業社會幾乎是不可能的，因時間不夠，能一讀再讀的文章，是多麼有吸引力啊！

我讀了魯公文章之後，打破了我許多自信：

（一）我是新聞記者出身，平素深以為自己留心事物不少，但看了魯公文章，則顯出自己粗心大意，漫不成章。以北平的名勝、膳食而言，自忖在北平前後六年之久，當窮學生時代，無錢看戲吃館子，但勝利後服務郵匯局，環境較好，每日應酬不暇，吃過了大小館子，理應對飲食一道知道較多，誰承望只顧吃了，卻忽略了肴饌之合成，更未深究其特色。當時僅知道誰家的館子賣什麼，什麼好吃而已。對於名勝亦然，每週無不去市郊遊覽，但對每一名勝只了解其大概，關於歷史沿革也只稍有模糊記憶，絕少考證，更沒有如魯公這樣把來龍去脈說得詳詳細細，而若干記載直如如數家珍。可知我這個「票友記者」（在《大公報》服務十五年，完全是客卿性質，並非「職業報人」，幸虧如此，否則早已陷身大陸）粗枝大葉，缺乏深入的了解，實有虧記者天職。

（二）我自四歲時起即有記憶力，數十年來，大小事情多數僅憑記憶，能道其顛末。近十五年來才開始寫日記，以幫助日漸衰退的記憶，讀了魯公的文章，才顯出比我記憶力強的至少有他一人。我的自負完全為之瓦解。

（三）我也自忖對世間之物有廣泛興趣。凡不屬我知識範圍的事物、學問以及許多雜事，大如天文、地理；小如引車賣漿之輩的生活，我都注意，但我還沒有如魯公注意範圍之廣，觀察之深。曹雪芹曾言：「世事洞明皆學問，人情練達即文章。」魯公辦到了，我還差得很遠呢！

當然魯公的文章給了我許多啟示，僅舉此三端，也夠我下一輩子學習的了。今欣知魯公與我同年，僅大我兩個月，但其學問，則何止高我二十年？

至於本書除趣味、歷史、民俗等等方面的價值而外，最重要的是可導引起中年以上人的無窮回憶與增加青年人的無限知識。凡無歷史感者，生於今世，不但有愧於做學問，甚至於可以說缺乏人生興趣。一個缺少人生興趣的人，還活得有什麼意思？

民國六十九年八月十八日一個酷暑的下午在大湖街

唐魯孫先生小傳

老古董

唐魯孫，本名葆森，魯孫是他的字。民國前三年九月十日生於北平。滿族鑲紅旗後裔，是清朝珍妃的姪孫。畢業於北平崇德中學、財政商業學校。擅長財稅行政及公司理財，曾任職於財稅機關，對於菸酒稅務稽徵管理有深刻認識。民國三十五年臺灣光復，隨岳父張柳丞先生來臺，任菸酒公賣局秘書。後歷任松山、嘉義、屏東等菸葉廠廠長。當年名噪一時的「雙喜」牌香煙，就是松山菸廠任內推出的。民國六十二年退休，計任公職四十餘年。

先生年輕時就隻身離家外出工作，遊遍全國各地，見多識廣，對民俗掌故知之甚詳，對北平傳統鄉土文化、風俗習慣及宮廷秘聞尤其瞭若指掌，被譽為民俗學家。再加上他出生貴胄之家，有機會出入宮廷，親歷皇家生活，習於品味家廚奇珍，又見多識廣，遍嘗各省獨特美味，對飲食有獨到的品味與見解。閒暇時往往對各家美食揣摩鑽研，改良創新，而有美食家之名。

先生公職退休之後，以其所見所聞進行雜文創作，六十五年起發表文章，民俗、美食成為其創作基調，內容豐富，引人入勝，斐然成章，自成一格。著作有《老古董》、《酸甜苦辣鹹》、《天下味》等十二部（皆為大地版）量多質精，允為一代雜文大家，而文中所傳達的精緻生活美學，更足以為後人典範。

民國七十二年，先生罹患尿毒症，晚年皆為此症所苦。民國七十四年，先生因病過世，享年七十七歲。

天寒數九話皮衣

老古董

寶島臺灣夏季雖然鬱熱蒸薰，讓人喘不過氣來，可是到了隆冬三九，大陸正是呵氣成雲，滴水成冰，凍得人哆嗦發抖，縮手頓腳的時候，臺灣如果沒有寒流來襲，那簡直跟大陸春秋天一樣的令人神清氣爽舒適異常。三十年前臺灣剛剛光復，臺北中華路一帶還沒有改建中華商場之前，在鐵路的兩邊的柵戶地攤上，偶或還能夠發現男裝女裝的皮襖皮大衣待價而沽，想必都是大陸來臺士女們帶來壓箱底的皮貨。時光荏苒，一晃三十多年，近十多年來要想在中華商場或是萬華一帶殘存的估衣鋪尋摸點舊皮貨，那簡直如大海撈針難上加難了。

臺灣的隆冬歲臘，若是碰上巨大寒流接踵而來，照樣寒飆凜冽，清滄襲人。走在大街小巷，青年男女雖然很少有穿著皮衣外出的，可是高年血氣兩衰的，穿上皮襖來擋擋寒氣的也還頗有其人呢！

記得三十九年耶誕夜，中英尚未斷交，淡水英國領事館特地舉行耶誕晚會。天剛傍晚，忽然下起小冰珠來，雖然落地就化，可是西北風兒吹颳臉上居然有點刺痛，這樣冷的天氣在臺灣實在太難得了，筆者那天特地把壓箱底的皮大衣拿出來穿上赴宴亮亮相，同時也趁此機會讓皮衣透透風。想不到各國淑女名紳都是紛御狐裘貂襖前來與會，我方應約來賓浦薛鳳、任顯群兩位也是穿了皮氅來的，區區這件皮大衣總算不枉飛天跨海萬里關山帶到臺灣，居然也派了一次用場。

當年在大陸有些講究穿皮的人家，一到冬天先穿小毛，再冷換穿大毛，先穿彎毛後穿直毛。清朝對於什麼節令穿什麼皮毛都有一定之規的，《宮門抄》先釐定日期，昭告臣民，到期大家一律改穿，名為換季。行走宮廷之間的文武官員，一律恪遵，不容稍有混淆，否則是要受處分的。

所謂彎毛也就是羊皮，一般人都知道老綿羊皮是最普羅化的皮襖了，白渣兒統子，不吊布面，不釘鈕扣，用一條搭膊（布帶子華北叫搭膊）往腰裡一繫，雖然不雅觀，可是溫暖俐落，是一般賣力氣朋友們冬季的恩物。羊皮是西北特產，分西口貨、北口貨兩種，其中以寧夏產品最好，毛頭細密而長，質地輕柔而暖，高級品叫「蘿蔔絲灘皮」，毛穗有九道彎，可想羊毛有多長啦！還有一種特級品「竹筒灘皮」，整件長皮襖統子，能捲在粗僅盈握的竹筒子裡，這種皮統子是如何的輕軟名貴，就不難想像了。

「黑紫羔」也屬於羊皮的一種，毛頭黑亮，在日光底下一照，表裡都泛出灩灩深紫顏色。青海、寧夏、新疆都出產紫羔，其中以新疆庫車的最著盛名，毛頭細短，捲曲韌密。清朝定制凡是列入品級的職官，逢到國殤，臨哀弔祭都要反穿紫黑外褂參加叩拜，因此大家把黑紫羔視為不祥的喪服，就是講究收藏皮貨的人家，也不願意收藏黑紫羔的，一遇大殤全是現買現做，除服賞人，皮貨莊碰上了這種好生意，染色羊皮就藉此大批出籠，由於早年染色技術欠佳，霜雪一沾，順手掉色，這種假紫羔當然就更沒有收藏價值了。當年有句話是「少不了的金絲猴，不上譜的黑紫羔」，凡是收藏家一定要有金絲猴皮貨才算搜集齊全，可是沒有紫羔。

金絲猴的毛有一尺多長，五色斑爛，隱現金光，大都是拿來做成坐褥，鋪在炕上取暖之用。傳說當年北洋軍閥中有位土包子師長，拿金絲猴做了一副套袴，因為底毛太長，只好捲在袴筒裡頭，走起路來自然顯得鼓鼓揣揣。有一次他去中海居仁堂參加直奉軍聯席會議，會場戒備森嚴，門衛看他軍服臃腫步履蹣跚，堅不放行，後來弄清楚此公是穿了皮套袴的原因，從此就被大家封為套袴師長矣。

說到黑紫羔還有一樁故事。民國初年北平東交民巷法國公使館（當時不叫大使館）有幾位法國員司忽然對於黑紫羔發生興趣，在北平各大皮貨莊大量搜購。紳士們做帽子、換大衣領子，淑女們做反穿大衣、手籠子，一時間供不應求，於是有少數商業道德差的皮貨莊就把沙羊皮拿來冒充。這種染過色的沙羊皮乍看很像紫羔，可是宜於遠觀，不能近覷，要是走近仔細的瞧，黑則黑矣，可是黑不泛紫，光芒更差。還有一樁事，令人膩煩，縱然是反穿，可是從雪地一走進有暖氣的屋子，立刻有一種輕微的臭味，因此熱鬧一陣子之後，穿紫羔的風氣也就煙消霧散啦！聽說蓋仙夏元瑜兄染皮子的手藝別有竅門，染出來的假紫羔可以亂真，可惜當年皮貨莊那些皮匠們不認識他。

「珍珠毛」又叫「藏羔」，顧名思義是出在西藏，這種羔皮是胎羊已經生毛，還未等到小羊降生，就把母羊剖腹取出來的，取胎羊時間要掐得準，太早僅生茸毛，稍晚毛長不曲，都不值錢，而等茸毛鬈起像一粒粒米星珠子似的取胎才算上品。珍珠毛有黑白兩種顏色，黑珠羔產量少，所以兩者價錢相差很多。大陸在涼秋九月，已涼天氣未寒時穿珍珠毛，為期不過短短十來天，而且剖腹取胎過分殘忍，有些人寧可穿襯絨袍也不願意穿珍珠羔，就是這個道理。可是一般講究玩皮貨的人

老古董

最少也要有一件坎肩或馬褂來聊充一格，才算皮貨收齊全了呢！

筆者小時候一到冬令看見人家穿著皮襖，就眼熱得不得了，可是恪於家規，小孩子不到成年，一律不准穿皮衣。一則是怕從小養成奢靡浮誇的心理，二則是小孩筋骨不加以鍛鍊，將來外出就業闖南蕩北，如何能夠抵禦酷暑奇寒？後來家裡給我做了一件珍珠毛的馬褂，春節外出拜年，穿在身上沾沾自喜得意非凡，後來到了真正有資格穿皮袍子時候，才知道自己當年所穿是麻絲做的贗品，根本不是什麼珍珠羔呢！

談到直毛皮貨種類可就海了去啦！大概凡是四條腿的動物，都可以拿來做皮襖或褥子墊子等等的。直毛最便宜的要算狗皮貓皮啦！狗皮雖也能擋寒，可是皮板太硬，而且太重，拿來做褥墊子鋪在炕上取暖倒不錯，喜歡穿狗皮大襖的多半是巡更守夜看家護院的爺們了。貓皮比狗皮輕軟，當年練武的人講究穿貓皮套褲，什麼理由咱就不得而知了。當年巡更人住的更房，大炕上總要鋪上一張貓皮褥子，據說冬天上夜，少不得要呷兩盅趕趕寒氣，拉拉雜雜剩下點魚頭蝦腦，最容易引來老鼠，鋪上貓皮褥子，鼠類就聞風遠颺不敢輕捋虎鬚啦！所以打更人的窩鋪都少不了一條貓皮褥子，是否靈驗，傳說如此，咱們就姑妄聽之吧！

天寒數九話皮衣

「貉絨」俗名「關東貉子」，熱河圍場一帶貉子最多，因為它愛吃一種黑殼甲蟲，身上時常發散一種怪味，雖然皮板深厚，毛頭滑潤溫暖，可是當初不能列為皮貨上品。後來歐美各國影劇女星，提倡反穿貉絨女大衣，一陣風行，貉絨的身價，立刻增加百倍。

狼皮有「古狼」、「銀狼」兩種。古狼毛長板重，如果做皮袍穿，暖則暖矣，可是太壓人，所以古狼皮也是拿來做褥墊子的居多。至於「銀狼」又叫「白狼」，取它腋部做皮袍子，那又算是上等皮貨了。

民國初年北平瑞林祥綢緞莊皮貨莊忽然陳列了幾張黑熊皮出售，毛滑絨厚，一色純黑，別無雜毛，據說是長白山獵的大黑熊，跟所謂蒙古褐熊（又叫草地熊）毛頭光彩兩者簡直沒法相比。這種蒙古草地熊經過製皮毛工廠巧手皮毛匠加工整理染黑，皮貨行給它起個名字叫「青克拉楞」，外行人誰也摸不清是什麼獸類，其實就是蒙古狗熊染色。天橋的一般新出道鼓姬都喜歡用「青克拉楞」做大衣的皮領子，遠看倒也黑而且亮，缺點也是容易掉色，在呵氣成煙的冬天，時常把玉面朱唇染成半邊美人，後來大家也就不敢用來做皮領子啦！當時東北黑熊都是整張硝好運來北平的，尺寸過大，用來做褥子糟蹋材料太可惜，有人索性把它鋪在小客廳地毯上暖腳，反而實惠得用。

「金錢豹」的皮，斑爛耀彩，中國人喜歡拿來做褥子或炕墊，自從北歐幾個國家，有人花樣翻新穿豹皮大衣，再配上豹皮帽子、手籠子，於是豹皮在國際市場大漲，直到目前豹皮大衣在歐洲價錢還是很貴呢！

虎為百獸之王，中國古代王侯爵邸寶座都罩上一張虎皮，三軍統帥的中軍大帳，鹵簿儀鍠赤幘戎冠，主帥座位要披上張虎皮，才顯出鏊鎧儼雅我武維揚。

「灰鼠」又叫青鼠，吉林長白興安嶺都有出產，背灰腹白，跳躍靈活，極難捉捕，淡灰泛白的是上品，深灰色是中品，灰裡泛紅的是次品。全部用灰鼠脊背拼製的皮統子叫灰背，因為耗用灰鼠太多，一襲灰背要比灰鼠價格貴上兩三倍，於是大家都捨不得用灰背做皮襖，做成反穿女大衣，既輕暖又高華，中外名媛都喜歡灰背大衣，尤其北歐有幾個國家，比貂皮還看重呢！

「銀鼠」又名石鼠，也是長白山特產，聚族穴居，因毛色銀白，獵人在冰天雪地極難發現，可是一經踩出銀鼠進出秘道，一網捉個三五十隻並不稀奇，不過銀鼠雖然潔白色純，可惜皮板太薄，過分嬌嫩，在時序輕寒天尚未冷的時候，一襲銀裘穿在風姿綽約、膚如凝脂的閨秀名媛玉體上，真是雍容高雅、卓然不群。

南美洲有一種「兔鼠」，軀體比灰鼠、銀鼠稍大，聽覺視覺異常機警，縱跳如飛，是鼠類最難獵捕的一種，它們生活在一萬英尺以上的高山草叢岩穴裡，毛色藍中帶灰，歐洲年輕貴婦都普遍喜愛它。去年在巴黎女服展示會一件兔鼠女大衣大約是四萬至六萬美金之間，其名貴可見一斑。

「猞猁孫」簡稱猞猁，是介狐鼠之間的一種獸類，產於烏拉山一帶，體態輕盈，能在枯木繁枝揉升跳踉，古人叫它天鼠。它的耳大毛長，形狀跟狐狸近似，所以有人說它是狐，又有人說它是鼠，其實非鼠非狐是另外一種動物（**夏元瑜兄說它是東三省產的一種大山貓**）。猞猁皮的底板堅柔，鎗子耐磨，是做皮袍子最好的材料。

狐的種類最多，有「玄狐」（**又叫元狐，俗稱黑狐**）、「青狐」、「白狐」（**又叫銀狐**）、「火狐」（**又叫紅狐**）、「沙狐」、「草狐」等。玄狐也是產在東北，極品玄狐純黑發亮面帶白針，到了清朝初年，已經少見。凡是獵到玄狐的，認為是國家祥瑞之徵，十之八九列為貢品，進奉皇家，皇家也只是冬令郊天祀釐時才御玄狐袍褂，賞賚止於親王，親王薨逝，還要立刻繳回，除非奉旨賞還，才敢收歸己有，加以庋藏。所以當年的王公勳戚、顯宦豪門就把玄狐視為無上珍品呢！

「青狐」，遼寧昂昂溪、鐵嶺都是青狐產地，顏色是青裡略帶黑黃，黑多黃少的算是上品，黃多黑少價錢就差了，雖然青狐毛色駁雜，並不十分美觀，可是據說當年努爾哈赤行圍射獵，如果穿了青狐皮氅，一定是出行大吉射必中的，滿載而歸，從此清朝皇帝就把青狐視為祥瑞之兆，後來並且定制，要晉爵貝子貝勒才夠資格賞穿青狐，其重視程度，可想而知。

「白狐」除了輕暖之外，論顏色是潔白如玉、晶瑩勝雪，穿上一件白狐女大衣周旋於明珠金翠、銀衣朱履之間，一枝獨秀確有鶴立雞群的感覺。當年富貴人家，陪嫁妝奩裡，白狐斗篷是不可缺少的，一般人家陪送不起白狐，也要弄一件假白狐天馬皮來充充場面。所謂天馬皮，就是沙狐草狐肚子底下一塊白毛，如果板子拼得巧妙，花頭接得整齊，乍看也分不出白狐天馬來，不過仔細一看，白狐的毛細長而潤，天馬的毛略短而澀，天馬皮最大的缺點是怕樟腦，收藏裝箱時只要撒了樟腦粉或樟腦丸，第二年拿出來穿，天馬皮就由雪白漸漸變成乳黃色啦。

「火狐」又叫紅狐，顧名思義，其紅似火，筆者曾經看見過京南綠林總瓢把子錢三爺子蓮有一件火狐大皮襖，是一對火狐做的皮統子，照此推想狐身長度必定是出號的火狐，才能夠用。火狐紅潤堅重，金縷閃爍，正配綠林大豪的身分。有人說當年北平城郊的四霸天各有一件珍奇的皮襖，可是誰也不願意穿出來亮相，可能言者有據，諒非虛假。

「沙狐」又叫草狐。生於長城各口子，如古北口、冷口砂礫地帶的叫沙狐，生於西北草原的叫草狐。這種狐皮算是最普通的狐皮統子了，唯一的好處是壓風，平素在口裡口外趕火車拉駱駝的朋友，遇到連環旋風騾馬駱駝就地一臥槽，他們跟著把草狐大襖沒頭沒臉往身上一裹，也往牲口堆裡一臥，任憑風怎麼颳。風一停歇，他們站起身來，揮揮沙土，立刻上路，準保毫髮無傷。

狐的種類繁多不算，狐身上用來做皮衣地方也各有名堂。頭部叫「狐頭」，腿部叫「狐腿」，並且有順腿倒腿之分，更有前腿後腿之別。狐的肩臂交接地方叫「腋」，特別柔軟，也就是《史記》上所說：「千羊之皮，不如一狐之腋。」可見自古以來，狐腋之裘已經非常名貴了。「狐脊子」這種狐皮取自狐的脊背，毛頭不厚，可是製出統子來特別輕暖。民國二十年筆者在大同，當地趙鎮守使的公子在買賣場買了一件灰狐脊皮統子孝敬老太爺，酒席筵前趙鎮守使一看樂得連喝三飯碗黃酒，據說他們當地鄉風，凡是兒子能買件狐脊子孝敬上人，就表示這家出了一位孝子，而且是事業有成、飛黃騰達啦。狐身上最貴重的是脖子底下一塊叫「狐膆子」，這是狐身上最輕暖的毛皮了。從前家裡如有狐膆子一定先儘老年人穿，年歲未過花甲是不敢隨便亂穿的。

談到「貂」，連國民小學的學生都知道東三省三宗寶：人參、貂皮、烏拉草。本來東北各省松江、合江、安東、吉林、嫩江、黑龍江山區都是產貂地區，凡是越高冷酷寒的地方所產的貂皮越好越能保溫。最大的貂身長也超不過三尺，前後腿不平衡，前腿短後腿長，尾毛像狐狸毛粗而長。東北南邊的安東省產的貂毛根略帶灰白色，獵人叫它「草貂」。吉林、黑龍江更冷地區的貂毛根泛紫名為「紫貂」，毛頭細軟厚密，輕暖保溫，比草貂的價錢約高一倍還多。

獵人捕貂費時費工是一種專門行業，東北土話叫他們「逮老貂的」。每年一交霜降，獵人牽著獵犬，駕著雪橇，馱著冬糧禦寒用具結伴入山，先搭好了木屋，然後分頭踩道。東北早寒，此刻千巖萬壑都是落葉瀰漫，一片枯黃，貂鼠雖不冬眠，可是趁著瑞雪尚未封山的時候，在茂草枯葉之間追奔逐北，尋覓食物。獵人探出貂鼠不時出沒的地方，一一做好暗記，然後設下弩弓套索各式各樣的陷阱。有經驗的獵戶此刻全部按兵不動，因為貂性機警，雖然住在枯木岩洞樹窟裡頭，可是並無長久居住固定的巢穴，一下驚著它們，立刻遠揚不歸，何況天未大冷，皮毛還不夠稠密，他們術語叫狩貂。到了冬至大寒，雪深盈尺，深山溫度均在零下四五十度左右，此刻的貂鼠一個個吃得又肥又壯，不但底絨厚密，油水正足，按著雪痕爪跡，加以捉捕，人人都能飽載而歸。有人說捕貂有用苦肉計的，方法是捕貂的先吃少許信石（砒霜），然後脫去上衣赤身躺在貂鼠出沒的雪地上，貂性仁慈，看見之後必定跑來爬在人身上送暖，獵人乘機就把貂捕獲了。筆者曾經問過東北朋友，他們雖沒捕過貂，可是有親戚朋友是捕貂能手，據說零下四五十度氣候，任何精壯的漢子，就是吃過信石，赤身在雪地也挺不過半小時就凍僵了，就是貂鼠真來覆體也沒力氣捉捕，縱能捉捕也不過是捉個一兩隻，太不划算了。雖有這種傳說，恐怕也不見得有這種事實吧！

貂在直毛皮貨裡，比任何名貴狐皮都輕暖適體不顯臃腫。有一種「貂仁」皮統子，整件皮統都是貂的腦門一塊皮子拼成，穿在身上如同穿十衲棉袍一樣，輕暖不說，而且合身俐落。試想一件貂仁皮統子要用多少隻貂鼠，價錢還能不貴得嚇人嗎？依照清朝制度，文官三品、武官二品以上才有資格穿貂褂子，反穿貂褂子講究「貂翎眼」，這是皮貨莊加工匠人（俗名毛兒匠）挖方做出像孔雀翎眼一樣的花頭，穿在身上顯得特別雍容華貴。京官也有例外，翰林學士雖然頭戴藍頂子，但是可以反穿貂褂，動輒好幾百兩，一般窮翰林這份行頭，如何置辦得起？於是當時有一種「翰林貂」應市，所謂翰林貂實際就是貓皮染的，巧手工匠也能仿造底茸鎗子讓人真假莫辨，這種翰林貂，當年幾十兩銀子就可置備一件，頂翎貂褂，敝佩明瑺，周旋於公卿士大夫之間了。到了民國，貂翎眼的外褂雖說英雄已無用武之地，可是拆大改小，一變成了名媛貴婦反穿翎眼的名貴大衣啦。

先師閻蔭桐夫子曾經任駐俄國塔斯干總領事，據說俄國有一種野生「黑貂」比中國的紫貂還要名貴。這種貂又叫「俄羅斯伶鼬」，生在茂密蓊鬱森林高地，它的皮毛濃密柔韌，人用口吹，也不能把毛吹開。而且，保溫力特強，凡是穿戴貂皮衣帽的人，身上沾有雪花，在進屋之前，必須先行拍落，否則立刻溶成一片雪水。俄國人因為黑貂皮價值高昂，於是設法用人工來繁殖，當然皮毛沒有野生貂厚密耐穿，但是價錢仍舊是十足驚人的。

去年巴黎秋冬季時裝展示會，出現了南極貂皮女裝大衣，跟我們東北的紫貂極為近似，時價是四五萬美金左右，真正俄國純野生的黑貂比南極要高三倍還有行無市，一襲女褸要十多萬美金，豈不令人咋舌。

此外專門做皮帽子皮領子的有旱獺、水獺、海獺，三者之中海獺底絨厚、油水足最好，旱獺最差，有一種不拔針的海獺外觀保溫比海龍並不差。那是一些精於鑑賞的人才懂得穿帶針海獺，可稱為物美價廉。另外有一種叫「海留」的，也是水獺一類，顏色絨頭跟水獺彷彿，不同之處就是一個倒毛一個順毛而已。至於海龍顏色比水獺黑亮，而且帶白針，不論是做皮帽子做大衣帽子，的確氣派不同，可是一定要身材高大魁梧的人穿戴起來才合身得體，要是瘦小枯乾的軀幹，戴上海龍四塊瓦的帽子，穿上海龍領子大衣，活像北平有種泥玩藝——小孩躦鑵子。不但不相稱，而且看起異常滑稽。

孔庸之先生生前對於各種皮貨都有深入研究，據他說華中西南，到了冬季最冷的時候，也是要穿皮衣禦寒的，不過雨雪爛漫，霧靄霉濕，不是皮板硬化，就是脫線走硝，如果皮衣有這種情形，趕緊送到山西請山西的朋友代為保存一冬兩冬，然後拿出再穿，硬化走硝就全都化為烏有了。有人聽信，照孔先生說法試過，果然靈驗，僵硬皮板柔韌依然。大陸來臺的朋友如果有人帶點皮貨來臺灣，要發現以上情形，將來不妨把這些皮貨送到山西試驗試驗，一定能包君滿意呢！

老古董

可抓住了小辮子

——要抓對一條小辮子還真不容易呢！

自從臺灣有電視，我跟電視就結了不解之緣。尤其晚飯後所謂「黃金時間」，恰好是我一天中最悠閒的時刻，所以三台連續劇不擇精粗，只要有空，一律照看不誤。可是遇到演清代戲劇有人留著稀奇古怪大辮子的，總覺越看越彆扭，劇情多引人也只有割愛轉台了。

清代太近了，騙不了人

演歷史劇夏桀商紂怎樣夔夔恣肆，西施玉環如何玉貌冰肌，因為去古已遠，誰也沒看見過，自然也就沒法挑眼較真了，可是清代服裝髮型就不同啦。大陸來臺以及本省花甲以上的老人現在活著的還很多，當年男女老少是什麼樣的打扮，腦子裡多少還有沒能磨滅的印象，尤其看到電視裡男人梳的辮子，離了大譜簡直完全走樣啦。不知道是哪位師傅傳授的，所有電視劇裡男人梳的大辮，不是前額四鬢刀裁，就是正額留個小髮尖，甚至於電視劇裡的青年才雋，居然在頂門心分出一綹來，編個小辮子，萬髮歸宗再跟大辮子混合一起，這種髮型真是前所未聞，今竟有之，請想頂門心梳小辮，不把頭髮掀了頂才怪呢！真虧那位美容大師，是怎麼想出來這樣超時代的髮型。

林照雄可圈可點

七月十二日偶然看到中視《春風秋雨未了情》臺語連續劇節目，劇中林照雄飾演一位叫陳阿泰的所梳的一條油鬆大辮子，頸後既沒鬍鬙真髮，前額又剃成油光瓦亮的一個月亮門，可以說是目前所有電視劇裡，最近事實的一條辮子，可是這種化裝必須本人先剃光頭，然後再上頭套，林照雄為藝術而犧牲的精神毅力，實在可圈可點，比起一些又要上節目賺鈔票，又要留著滋毛大頭的大牌可高明多了。

現在既然有了當年辮子的典型，希望各台編導在可能範圍之內能夠注意，讓那些奇形怪狀的大辮子，不再出現在螢光幕上，那我們觀眾的眼睛就舒服多啦。

湯婆子的種種

老古董

湯婆子這個名詞，差不多有半個世紀沒聽人說過了，七月間《聯合報》萬象版有一篇附照片談水龜的文章，細看之下所謂水龜就是古人所說的湯婆子。照片上的水龜式樣很新，大概是民國十幾年出品。

湯婆子是什麼年代的產物，現代已不可考，不過宋朝就有人使用了。蘇東坡寫給楊君素信上說：「送暖腳銅罐一枚，每夜熱湯注滿，塞其口，仍以布單衾裹之可以達旦不冷。」黃山谷詩：「千元買腳婆，夜裡睡天明。」所以湯婆子又叫「腳婆」，當時也有人叫「湯媼」、「暖足瓶」的。總之，依照上面說法，湯婆子在宋代已經很流行是可以確定的了。

當年在長江一帶，隆冬雖然不是朔風刺膚，但半夜歸臥，衾褥冱寒，往往徹夜兩腳不能溫暖。有一隻湯婆子焐煨下股，或是暖玉在抱，自然一覺酣然，適體舒暢。北方冬早，一般人家至遲九月中旬大半都生起爐子或是燒上熱炕，滿室如春，自然不需要什麼湯婆子來煴腳暖被啦。不過豪門巨室，一些富貴人家仍舊是睡床而不睡炕的，又免不了使用錫或銅做成的湯壺取暖溫足，所以無論南北姑娘出閣，湯婆子都是嫁妝中不可缺少的恩物呢！銅玉錫器店做的湯婆子先是用木頭做的塞子護套口，可是偶一不慎，被褥容易沾濕。後來進步到橡皮口螺旋塞，不管湯婆子在被筒裡怎樣翻騰，熱水仍不會弄濕被褥。橡皮水袋本來是醫療器材，熱敷灌開水，冷敷放冰塊用的，不知哪一位高明之士，把它注入滾水，當手爐腳爐來使用。

民國十二、三年筆者初到上海，朋友請看鄭玉秋、王旡恐演的文明戲，戲園子裡前五排坐的都是豪門豔姬、北里名葩，每個人手裡都捧著一隻熱水袋，嫣紅姹紫，大小各異。每隻熱水袋又都用五顏六色的絲巾綢帕裹著，案目們奔前疐後忙著換裝熱水的鏡頭真是令人嘆為觀止。您再到南京東路新新、先施、永安三大公司櫥窗看一看，整間櫥窗擺滿各種不同顏色的大的小的熱水袋，並且分透明與不透明兩種龍紋鳳綵，可稱目迷五色，不知買哪一種好呢！

彼時行銷中國的橡皮水袋，多半是英國一家廠商供應的，突然一年之間銷往中國的皮水袋增加了若干萬打，而且訂貨單仍然源源湧到。主管遠東推銷事務的經理百思莫解，於是親自來中國，首先到上海考察一番，他再也想不到，皮水袋在中國除了少數用之於醫療器材外，百分之九十以上，都成了深閨繡榻暖手熨足的皮湯婆子啦。

法國出品的一種婦女喝的COINTREAU甜酒，中文譯音叫口利沙，因為這種酒畏見日光，所以都用陶土做的瓶子盛酒，靠近瓶口還有一隻把手。瓶口瓶蓋，因為怕酒香外溢，做得都異常考究，不但嚴封密合，而且不會走氣，後來不知哪位聰明的人拿這種空酒瓶子，灌上開水來代替湯婆子使用，不但保暖，而且不虞漏水，因為瓶身圓滑，放在被窩裡，圓轉如意比當初的湯婆子更為得用。先慈在世的時候喜歡口利沙清醇秀雅，偶或淺嘗兩杯，瓶酒未罄，就有人等著討空瓶子啦。後來經人說明，才知道口利沙空瓶子注熱水暖被，比舊式的湯婆子還要實惠。

北方的冬天，大家小戶都要生個煤球爐子放在屋子裡取暖，爐子上用支碗（**用沙磚磨的斜坡長方形磚塊，用三塊三角分立在爐口，免得鍋盆壺蓋把火壓熄**）架上一壺水，水氣氤氳蒸騰，可免室內空氣過分乾燥，同時要用開水就方便多啦。當年梨園行有位唱二路老生叫甄洪奎的，滿面紅光，同時生就一副上人見喜的面孔，永遠是笑瞇瞇的，所以有些人叫他「笑臉先生」。此人體質上火下寒，冬天不能睡熱炕，可是腳又怕冷。他每天晚飯之後，就找兩塊沙磚豎在煤球爐子的爐口兩邊，等到他睡覺之前兩塊磚都烤得炙肌灼膚。用毛巾一包，往被窩一放，一霎時春溫被底，他再寬衣入臥。據他說：「人過中年，血氣漸衰，到了花甲最容易鬧老寒腿，如果用熱磚暖被，就不會有這毛病發生啦！」他的妙論倒也合乎科學原理，今年冬天，住在北部有寒腿的朋友不妨試試，我想就是沒有什麼效果，大概也不會有什麼害處吧！

肥得籽兒、刨花、皂莢

老古董

從前北平孤苦無依的老太婆，有一項獨門生意叫換肥得籽兒，後來肥得籽兒受時代的演變，沒人用了，於是又兼換取燈兒（北平人管火柴叫取燈兒），所以又叫換取燈兒的。這種營生本小利薄，穿街過巷負荷不重，因此成了貧苦年老的婦道人家的專業，年輕力壯的人是不屑一顧的。她們下街串胡同的時候，身後背著一個篾皮筐子，吆喝一聲換取燈兒、換肥得籽兒，誰家有廢紙、碎布、玻璃瓶子、洋鐵罐兒，她們都可以接受，換些肥得籽兒或是丹鳳牌的紅頭火柴。據聞她們到丹華火柴公司批買火柴以紅頭為限，每個月可買四百小盒，廠方只收廠盤的半價，這無非是公司體恤孤苦的善舉，所以她們只能換紅頭丹鳳，而不能換黑頭的保險火柴，一般鋪戶住戶也都本著惜老憐貧的宗旨。你說換多少就換多少，很少有人跟這班苦哈哈斤斤較量的。

說到肥得籽兒，因為在大陸已經若干年沒人使用了，所以年輕一點的朋友，多數沒見過，可能還沒聽說過呢，可是據我想從大陸來臺梨園行管梳頭桌的師傅們，對於肥得籽兒，一定不會陌生吧！因為當年在大陸占行貼片子，要用肥得籽兒泡出黏液來，把片子浸潤得服貼了才能往前額跟兩鬢上貼，現在平劇用什麼貼片子，雖然不得而知，可是提起肥得籽兒，多少總還有點印象吧！

刨花，也是當年婦女們梳頭所離不開的東西。北方的木匠雖然在木頭抛光時也是刨出一堆一堆的刨花出來，據說北方刨花黏度不夠，因此一般婦女都喜歡蘇常一帶的刨花，因為南方刨花黏度高，如果摻點冰片末並不容易發臭，早年在滬寧蘇杭各處這種刨花到處有售，北方婦女則只好求諸南菜擔子了。所謂南菜擔子，也是比較特殊的一種獨資生意，做這種行當的大半都是滬杭一帶的人，一副竹篾編成打光上漆的擔子，所帶的東西可以說包羅萬象，穿的有香雲紗、荔枝綢、湖縐、杭紡，化妝品有揚州鴨蛋粉、蘇州板胭脂、桂花梳頭油、冰片痱子粉、蘇錫常崑的正莊刨花，還有真絲纏裹的粉紅的粉撲、大小成套的黃楊木梳、寬窄疏密不同的篦子，這些都是北方買不到蘭閨奩具。談到小吃零食花樣就多了，什麼杭州榧子、廣州去皮甜鹹橄欖、桂圓荔枝、糟蛋、風魚、扁尖、淡菜、黃泥螺、醉蚶子，還有大量的梅乾菜、雲南大頭菜、晒好的筍豆蘿蔔乾。他們都是遵海而北在天津下船到北平之後，多半住在小旅館，有的交遊廣泛，甚至跟大公館的門房打個商量，就在熟識大公館的門房尋休了（**北平話借住的意思**）。有人說這幫人一年也有幾次搭南洋班的輪船到廣州去，那時南貨擔子就變成北貨擔子了，什麼大小八件的點心、各式各樣的乾果蜜餞、北平絹花絨花、骨頭簪子，都是嶺南最受歡迎的東西。據說當年粵劇名伶薛覺先就是喜歡用肥得籽兒，而不愛用刨花，說是肥得籽兒乾了，點上一點水，既不咬肉又顯清涼，如果刨花沾水鬢鬆鬢斜，又要重新整妝了，事實是否果真如此，雖不可盡信，可是老一輩粵伶都知道託北貨擔子，帶幾包肥得籽兒，那是一點也不假的。

「皂莢」這個名詞，知道的已經不多，用過的恐怕更少了。筆者小時候，看見過皂莢，也知道用法，可是就沒有拿皂莢當肥皂用過。勝利還都，我到第二故鄉的江蘇泰縣去了一趟，我住在北門外西浦，隔鄰就是一家叫「飲香」的大澡堂子，按泰縣一般人的習慣，澡堂子多半下午一點開湯，可是洗澡的人要過四點鐘才陸續而來，越晚客越多，說氣元了洗澡才不傷氣。所以我每天一兩點鐘去洗澡，近乎包堂，除了孤家寡人之外，幾乎別無外賣，小老闆陳四小最喜歡聽點北平上海的新鮮事兒，所以我一來，他就過來招呼做活兒。有一天我問他，你們這裡有沒有皂莢，他一會兒工夫挑了四五個來立刻打碎，泡上涼水，等我下池，他就用皂莢水給我擦背，滑爽溫潤，洗完用水一沖，比起一般香肥皂洗澡，舒暢明快多啦。四小說：「皂莢」蘇北一帶，隨處都有，樹高三四丈，樹幹聳直，擢穎挺挺，可做細巧奩具，不生蟲蛀，葉子複羽雙疊，夏開黃色或白色小花，可驅蚊蚋。結實成莢，長扁像刀，開白色小花的一種結莢比黃色的肥碩短厚，蘇北人叫它「肥皂莢子」，不但除垢下泥快，而且可以預防皮膚敏感。所說如此，是否有效，就不得而知了。筆者初到臺灣看到鳳凰木花落結莢，跟皂莢極為相似，不知道晒乾之後，是不是也有皂莢的效用。前幾年有一位朋友翻箱底，找出幾塊北平「花漢沖」（胭脂花粉店）出品的「鵝油引見胰子」，都乾得皺皺了，被一位皮膚專科醫生看見，拿去一化驗，據說內容都是些潤膚養顏成分，比現在的高貴保護皮膚化妝品並不差，料想用皂莢洗身，洗後渾身輕快爽潔，比用藥水肥皂洗澡還舒服，大概對皮膚也有好處呢！可惜沒經過正式化驗罷了。

看了兩齣過癮的戲

老古董

在大陸時候筆者跟名票孟廣亭、趙仲安是聽戲的老搭檔，聽完了戲總要相互問一問過癮了沒有。所謂過癮是武場打得嚴，文場托得嚴，角兒在臺上蓋口嚴，有此三者，再加上名角良配，這齣戲讓我們來聽，就算是過癮啦。

近些年筆者在南部時候多，北部時候少，南部演平劇是百年不遇的事，更談不上戲的好壞過癮不過癮啦。

這次空軍大鵬國劇隊，在國軍文藝活動中心公演十天，第一天是《小放牛》、《賀后罵殿》、《採花趕府》、《南天門》四齣戲，不但戲的安排冷熱得當，而且角色的調配也是紅花綠葉，相得益彰，戲提調是費過一番心思的。

開場《小放牛》杜匡稷牧童，楊蓮英村女，因為戲碼多，所以碼去了不少戲詞，可是唱做仍然絲毫不苟，不但沒有嘻呵帶喘、力竭聲嘶、四句只唱兩句，讓臺下觀眾替他們提心吊膽的感覺，反而載歌載舞，精力充沛，舞得是細膩有致，唱得是字字入耳，因為楊杜二人，一是武丑，一是武旦，武功磁實，腳底下穩練，才能珠聯璧合，尤其是笛子吹奏嚴絲合縫，比起當年九陣風王長林來也未遑多讓，在我來說，可列入來臺所聽平劇過癮戲之一。

《採花趕府》，就目前來說，聽過這齣戲的恐怕不太多，能唱這齣戲的恐怕也寥寥無幾，可以算是冷戲，從前名伶路三寶最喜歡這齣戲，他認為花旦必定要蹻工好，這齣戲「採花」一場，彎腰趟步在在都需要好蹻工，這跟《小上墳》一樣，都是花旦的蹻工戲，而且他唱這齣戲絕不偷懶，一定是上硬蹻，給他配張存古的不是札金奎就是甄洪奎。甄唱詼諧老生是一絕，《翠屏山》的揚雄，《妓女擒賊》的大人，懈怠稀鬆，不溫不火，的確是位良配。只在「採花」一場唱百花名，做出種種身段調笑尚書，而尚書左避右躲，還讓文豔耍得個不亦樂乎，這時候耍眼神，使身段，並不專以拈花的手法來取悅觀眾也。

鈕方雨這齣戲，聽說只練二十多天，雖然細膩穩練方面尚欠火候，可是身段、眼神、走浪步都還大致不差，至於戲詞唱腔以及胡琴的托腔，比起老年間的唱腔胡琴就今勝於昔了。鈕方雨這齣戲的衣著是大紅襖褲、白緞子繡花坎肩，紅白對比在強烈燈光映照之下，拈花時做手彩，容易讓臺下一目了然戲法拆穿，下次再演，如果換一件顏色略深的坎肩，可能效果要好一點，總之以上兩齣戲，在近幾年臺灣的平劇來說，都算是過癮的好戲了。

北平精巧的絨花手藝

近六七年養成了早起的習慣，雞鳴即起，漱洗完畢，總要到外面遛達個四五十分鐘，再回家吃早點。大陸有個相沿已久的年俗，歲首元旦清早出門，要挑選一個吉時，邁出大門一定要面衝喜神方向，北方叫「出行」，南方叫「兜喜神方」。照今年農曆推算，出行宜取子、卯，方向是東北大吉。卯時正符合我每天遛達的時刻，平素每天出門都是信步而行，既然東北方大吉大利，咱就衝東北方向而行，入鄉隨俗，求得心安理得，總比彆彆扭扭來得舒坦。

哪知衝東北方走了沒幾步，就看一位鬢髮如銀、紆行婆娑的老太太，頭上戴著一朵恨福來遲大紅絨花，不但紅得鮮豔異常，就連絨上的金箔仍舊金光閃閃，特別醒眼。這朵紅絨花無疑是當年北平絨花鋪的傑作。

提起紮絨花，那是當年北平最細巧的手工藝。那班手藝人大半是心靈手巧，賣不了氣力，近畿人家比較文弱的子弟，才到京裡投師學藝。在清末民初，絨花鋪鼎盛時期，在耍手藝的裡頭說還是很出色的行當呢！北平的絨花鋪分細作、普通兩類，普通絨花鋪都設在隆福寺、護國寺、白塔寺、土地廟一帶，逢到廟會集會之期，也派夥計們在廟裡設攤營業。細作的絨花鋪分別在崇文門外花市、東安市場集中，雖然都是絨花鋪，可是各人做各人的生意，互不相犯，粗活細活，他們自己人是一目瞭然。大致梨園行戲裝上絨活生意概由花市一帶絨花鋪承應，王府勳戚名門巨室宮眷們所戴絨花絹穀，則就是東安市場裡幾家絨花鋪的生意了。各種耍手藝的行當，都是年假讓夥計回家過年的，唯獨絨花鋪歲尾年頭家家都是忙得不亦樂乎，先忙著紮佛前花、乾鮮果子花、蜜供花，跟著就要攢頭上戴的五福捧壽、悵福來遲，各式各樣的絨花了。哪家師父如果想出什麼別出心裁的新花樣，就秘不示人的紮上幾百朵；密密麻麻，一排一排的插在秫稭桿糊的紙匣子裡，等正月初二拿到彰義門外財神廟專賣香客帶福還家，一會兒就會搶得一朵不剩。堂客們買絨花自然精挑細選，瓊花九色，顧眄便妍，只要式樣別致，不怕價錢高。就是一般名紳巨賈燒完香進城，海龍帽、水獺四塊瓦、棉胎便帽上也都要插上幾朵紅花表示已被財神爺垂佑，福自天申啦。有些野老村嫗頭上雖然髮疏鬢稀，沒法子戴，更沒有地方插，他們就用一塊淺杏黃土布把頭包起來，然後把各式各樣絨花插戴滿頭，讓人一看就知道他是虔誠的香客回香了。絨花鋪的手藝人稍停兩個月，至遲三月初，各絨花鋪又忙著要趕金頂妙峰山的生意了。金頂妙峰山的廟會，從四月初一到二十八整整一個月的會期，在河北省來說，算是最大的廟會了，等到願了回香，無論男女老幼，一個個好像爭妍鬥麗似的，頭上戴滿絨花，絢豔悅目、多彩多姿。據絨花鋪的手藝人說：「當初好年月，絨花鋪一年的嚼穀（**生活所需**），一個金頂妙峰山廟會就能掙出來了，其餘的生意就都是賺的啦。」

聽說當年上海浦東杜月笙家的宗祠落成典禮，因為布置祠堂正廳，四明銀行特地派專人到北平辦了副堂彩，翠虬絳螭、斑龍九色全部都是長圓壽字，福蝠相間，交織而成，這一堂栽絨帘幕，就是北平東安市場德盛齋絨花鋪承應的，價錢當然讓人聽了咋舌，可是北平做絨花手藝人披錦撚金、技巧橫出的手法，直讓上海香粉弄一帶做絹花的店鋪只是點頭、咋嘴，嘆為觀止了。

有一年梅蘭芳首排崑曲《刺虎》，準備在開明大戲院爨演。梅的一班友好在綴玉軒閒聊，在響排之前，聚坐聊天，就有人談到貞娥洞房的扮像啦，按正規打扮自然是鳳冠霞帔、百褶衣裙最為得體，不過《刺虎》的身段繁瑣，如果頭上明珠翠羽、錦衣絺繡的歌舞起來，實在頂頂掛掛感覺吃力，影響做表，於是有位才智之士，想出一個絕妙方法，頭上不用點翠珠飾，全部改絨花紮成的鳳冠，不但輕巧便捷，而且摘卸容易，對於《刺虎》一場激昂驚懼的表情，可以盡量發揮，不致有礙手礙腳的地方。梅畹華在四大名旦中，是最能採納嘉言的，大家商量好式樣，立刻請管事的姚二順（玉英）到東安市場絨花鋪訂製了一頂滿幫滿底全部大紅絨花的鳳冠，後來在臺上歌舞起來，圓轉飄舉，恍如玉軺卷雲，綽約柔嫚之極。後來坤伶中琴雪芳、陸素娟等都各訂做了一頂，名坤票雍柳絮（德國人）甚至於訂製一頂，用玻璃錦匣裝潢起來，放在客廳裡當擺設哩。

杆兒上的

前些天請一位洋朋友去聽平劇，這位洋朋友是特地到臺灣研究風土文物跟中國戲劇的。可巧那天我們聽的是全本《紅鸞禧》（又名《棒打薄情郎》），戲裡金玉奴的父親金老丈是個「杆兒上的」。那位洋朋友問我：杆兒上的，是什麼行當？希望我詳細的告訴他。常聽戲的朋友，大概都知道「杆兒上的」是叫化子頭，對於它的來龍去脈恐怕也就不甚了了吧。

在前清不論是天皇貴胄勳戚旗丁，一律歸旗。所以凡是真正滿洲人都屬於八旗，所以平常聊天，會有人問您屬於哪個旗下，每個旗部有一位佐領，所有這一旗裡人都歸佐領管轄，當年滿洲人寫履歷，都是些什麼旗或鑲什麼旗，滿洲或蒙古，底下緊跟著寫某某佐領下，就是皇上也無例外，一樣要歸旗，不過貴為天子，不寫佐領下而寫佐領上而已。

「杆兒上的」這個名詞，是清朝才有的新名詞，上溯元明，是沒有這個行當的。當清兵進關，順治入主中原的時候，除了正規軍隊之外，攀龍附鳳的各色人等，當然不在少數。作戰時期需人手，隨營吃糧的閒雜碎催，所謂黑人，在隊伍裡混口飯吃，原無所謂，可是大局底定，各就各位，名在籍冊的人們，該領俸的領俸，該關餉的關餉，至於那些隨從、關外跟來的閒雜人等，鞍前馬後，不能說沒有一點汗馬功勞，一時既沒法安頓，又怕他們流蕩街頭滋事生非，於是設立一個像遊民收容所的機構來安置這幫人，不單管住而且管吃，每個月頭還能領點剃頭洗澡錢，有適當機會就給介紹工作啦。人多花費大，這筆款項可就出在大鋪眼兒（**北平人對大商店的俗稱**）、大商號啦。大的每月出個十兩八兩不嫌多，小至出個一吊兩吊錢也不嫌少，積沙成塔，每個商家出的錢可就夠開銷啦。這種非正式衙門的組織，管的又是近乎吃糧不當差的無業遊民，要不是有權有勢的大員，還真壓不住那一群天不怕地不怕的刺兒頭呢！聽說最初是由一位鐵帽子王來統御，名稱是總首領，後來由神力王爺來接替，神力王爺是位正直無私神力蓋世的人物，對於這般閒散遊民，管理非常嚴格認真，一時詐勒索、扒手小偷都相率斂跡，地面上治安反而仰仗他們來維持，一般商家得以安心無慮的做買賣，所以每月多捐幾文錢來打發他們，也是心甘情願的。當年專說單口相聲《戲迷傳》的華子元說：「神力王爺每年壽誕前一天暖壽，總有人送一隻小三號的瓦缸來，上面用一張發麵餅糊得嚴嚴的，裡頭是一隻豬頭、一雞、一鴨、十個雞子，燉得紅潤潤、油汪汪、香噴噴的一缸大雜燴，他們美其名叫『一品富貴』。神力王爺是有名食量驚人的，這一缸雜燴，雖然不吃個缸底見青天，大概也剩不下什麼了。」這是華子元臺底下閒聊天說的，是真是假就莫由究詰啦。

他們這個機構有一個傳代之寶，正名叫「大梁」，也就是大家都知道它的俗名叫「杆兒」的，傳說這根大梁是康熙皇帝微服私訪，發現他們對地方治安維持秩序，無形中的確有若干幫助，於是賞賜雕龍紫檀木杖一根，黃絨絲纏繞，平素用黃緞子包好，供在他們治事之所大堂之上（**他們叫做攢兒上**），遇到凶狠刁狡甘犯法紀之徒，可以請出大梁，用杖責打，縱或斃命杖下，所謂打死無論，官廳也不追究抵命，從此之後做首領的職權也就更大啦。

到了道光年間，隨著進關這一班人的後裔，大部分生活都有了著落，地方治安機關可就把一般乞丐，歸納到所謂「攢兒」的機構來了。當初在攢兒裡管點事吃錢糧的人，如見大梁，無論在什麼地方，必須立刻一跪三叩首，自從乞丐歸攢之後，也就不分彼此，一律行禮如儀了。

總首領又叫督總管，都是由王公貝子貝勒兼領，最初確實是事必躬親，自己問事，到了清朝中葉以後，那些親貴漸漸習於安樂，自己空是頂個名呢，多半派府裡管事代為招呼啦，這種管事攢裡人暗地裡叫他「大拿」，所謂「大拿」就是王爺貝子的替身了。統領之下設副領，東西城各設副領一人，王府都在北城，所以北城不設副領，南城住的都是一般平民，因此南城也沒設副領，副領之下設帖寫，要有什麼動筆墨或是跟官府打交道的事情，就由帖寫去辦了。再下一等叫「把兒頭」，他們把大街巷分區劃段各設一位把兒頭，又叫「團頭」，平劇《紅鸞禧》裡金松金老丈就是這個角色，戲裡所形容的雖不盡然，大致說來還算不離譜兒。

民國初年這個組織並未全廢，商店行號仍舊照拿花銷，管領西城的副首領叫「多祿」，住家在西單北小英子胡同，每月初三初十兩天，凡是花名冊上有名有姓的都可以前去他家領份兒（**既不叫錢糧又不叫關餉，因為這筆款項是鋪戶樂捐的所以叫領份兒**）。凡是新來的花子，冊上無名也可以登記補缺，一旦補上就叫歸冊，按月拿份兒啦。倘若是遇上有錢人家辦紅白喜事，帳房先生一定將把兒頭找來，商量好開多少錢的份兒，到了月底彙總起來，大夥兒均分，把兒頭自己名為給人家照應照應，其實是跟吃跟喝之外，還得撈摸幾文，至於本家吃不了的殘茶剩酒雜合菜，他們那一幫苦哈哈也就隨著樂和一番了。當初北平撒紙錢兒的「一撮毛」就是這路角色。有哪個不聽把兒頭的指揮，私自勒索搗亂，把兒頭可以請出大梁責打一頓，以示懲罰，最嚴重的可以驅逐離開本段，所以北平城裡雖然混混兒花子不少，可是有各段把兒頭管著，無事生非並不多見。這位洋朋友對這個組織很有興趣，他說中古時期羅馬也有類似的組織，權力很大，對於地方治安幫助不少，所謂杆兒上的「杆兒」，他很想找份當時的照片來看看，可惜當時照相技術還沒傳到中國來，現在那根御賜的黃杆兒，也不知稅駕何方了。

迎春話水仙

老古董

冬至陽生，一過冬至又是培養水仙花的時期，此刻培植花頭，及至一元肇始獻歲發春，則吳娃越豔，高雅婀娜，冷香宜人了。

水仙是一種國際性的花卉，歐洲中部、地中海一帶、亞洲的日本、中國都有出產。尤其歐洲的荷蘭，對於球根花卉最感興趣，培植也最得法，所以擁有球根花卉王國的雅譽，依據園藝專家們統計，每年冬天水仙花季，歐美各國的水仙花，十之八九都是由荷蘭供應的。日本不但氣候適宜種植水仙，他們的花卉園藝，在國際間也是早著聲華為人樂道，所以東南亞各國進口的水仙就由日本獨佔了。

我們中國的水仙花原產福建漳州，後來才在兩廣江浙分布繁衍起來。現在年終歲末，臺灣各地花店攤販出售的水仙花頭，除了極少部分是日本輸入，其餘全是福建移來的品種呢！

「水仙」在花卉裡，算是一種比較耐寒的球根花類，當年奉天省省長王永江平素自奉儉約，唯獨對於水仙花有特別偏嗜，他認為：「水仙花的姿態清蔥雅正，香味更是古豔霜潔。當年剛棱謀國的伍子胥、孤高自守的屈靈均，都是死後成為水仙，被人尊為水仙花神的，為了追懷先哲，所以酷愛水仙。瀋陽冬季酷寒，只有闢築溫室洗滌供養。」據鄒作華司令生前在中心診所養病時說：「我進過王府的蘭馨室參觀，凡是水仙的名葩異種，可稱搜羅靡遺，一進溫室，冰清玉粹，香氣沾衣，冷韻紆餘，古人所謂百浣不歇，真不是欺人之談呢！」我們當時在座四五位朋友聽了之後，都為之神馳不已。

水仙的鱗莖細長，葉脈並行，有的像寶劍，有的如圓筒，通常葉尖都是圓健厚潤。水仙的花姿有杯盞形、喇叭形、茗碗形，花瓣分單萼重臺，顏色則有白花黃冠、橙花王冠、黃花大冠三種，至於淺絳、淡藍兩種顏色，則偶或一見最為名貴。豢花人如發現淺絳、淡藍兩色水仙，無不視同奇葩，許為國之禎祥。水仙別名十二師，豢植水仙只用水石，不近泥土，最為雅潔，所以說是文人可以親手調培的花卉。照臺灣氣候，十二月份開始培植，如果氣溫正常，冷暖以時，而又浸洗曝陽得法，三十五天就能花軸著萼，四十天準能吐豔發香了。當年北平護國寺遠香花廠有一位花把式告訴在下說：「養水仙不但要讓它花朵如期開放，並且花軸要能隨心所欲長成各種姿態，才算高手。在剛一浸種水仙花頭的時候，就看雕鏤花頭的手法如何啦，雕鏤的手法越細膩，將來花葉的姿勢越柔美，要說是一種雕鏤藝術，並不算誇大。冬季氣候變幻，忽冷忽熱，霜雪快晴，實在是令人難以捉摸，如果碰上氣候反常風雪連朝，偶一放晴，想讓水仙成為歲朝清供，那就只有使用催花方法了。陰冷乍晴，一遇冬日融舒，要趕緊把水仙花頭提出花盤放進木盤（金屬瓷陶器皿均差），選在背風向陽地方迎陽照晒，冬陽西偏，又要及時移進溫室，用溫水澆洗球根，照此方法將養經過一至三次，花苞即能提前怒放，不過向陽時刻的長短，次數多寡，水溫的程度如何，那就要細心體會，神而明之，沒有一定章法了。倘若雨雪霏霏兼旬不露晴光，那就改用電熱加溫，或用百支燭光燈頭照射，也能收到相同的效果。有一年北平從冬至起，一直下大雪，偶或還有冰珠，遠香花廠有二百多頭水仙花，就是用電熱催花，仍舊能趕上春節嫣然挺秀，馥郁迎祥呢！」

世丈蒯壽樞是皖廬世家，張廣建甘肅督軍任內，蒯任財政廳長兼硝礦局長，不但精於賞鑒古籍文玩字畫，更富收藏，並且愛石成癖，他所愛的不是奇磊嵯峨瘦皺醜怪的奇石，而是五顏六色、斑駁陸離的石頭子。蒯老因為要展示誇耀他歷年搜集的名貴石頭子，抗戰前一年，在北平翠花街他的寓所請春酒的時候，在客廳走廊避風閣子裡，擺出了他所栽植的一百多件水仙，請來客觀賞。他種水仙不用缽盆盤盞，而一律用的是宣德爐，爐底放的都是他視同珍寶，日夕爬羅剔抉珠切象磋的石頭子，他說明朝香爐經過數百年駁蝕銅性已失，短期培養水仙，並無不宜。他所收藏宣德爐中大約有十幾隻是清代名匠仿鑄，他不說明，我們是分辨不出的，這些假宣德爐所栽植的水仙，雖也著花，可是兩者一比較，水仙花朵就顯得尪弱暗淡，比不上人家夭嬌秀拔了。

先祖妣曾隨先祖遊宦閩粵，養成培育水仙習慣，後來定居北平，可是每年必定挑選二三十名種奇卉水仙花頭培養，點綴新年，她老人家的水仙花除了蟹爪形水仙，才用圓形花器，便於四面觀覽外，其餘各形各式水仙花頭一律使用長方形舊瓷花缽。缽底先用江石鋪墊，江石是松花江特產，這種江石多在江底沙泉附近，泉水洄流激射，年深日久把圍繞泉眼左近的石頭子，鏤冰琢雪，紅雲赬璧，一粒一粒，似玉如石，在南方是不經見的。當年鮑貴卿駐軍卜魁時候，酷愛江石，曾讓善泅的兵勇，在夏季裡潛沉江底撈取，冰紋剔花，碧縷朱紋，絢麗雄奇，令人目不暇給。據說江石能夠聚熱保溫，經過日光照射久久不散，用來種植水仙，可以催花早發，

老古董

蓓蕾茁旺，承他惠贈百餘枚，老人視同拱璧，日常用清水供養，到了水仙花季，先把嶄新棉花浸濕，輕裹水仙球根，然後穩嵌江石之中，經過幾年試驗，用這個方法比較一般水仙花，可以提早四天開花，如遇陰霾霜冽異常氣候，花期也沒什麼影響。筆者幼年好養，也跟兄弟姊妹各養數盆，等到鱗莖伸長，拿紅紙圍裏想好祝詞，並預估發花年月寫在紅紙圈上，看看所言中否，以為笑樂，現在年近歲逼，花肆已有水仙幼苗應市，緬懷昔年情景，現又丁逢國步方艱，百感交縈，誰又有幾許閒情逸致去培植案頭清供呢！

清朝宮廷童玩

一般人總認為宮廷裡兒童遊樂，必定是花樣百出，有異民間。其實玩耍方法差不多都是大同小異，有些劇烈點的遊戲，宮中執事人等怕發生危險，還不敢領頭倡導呢！

余生也晚，清朝同光時期沒趕上。所有耳聞目睹的，不過是清帝遜位，瑾、瑜、珣、瑨幾位太妃帶著宣統跧處紫禁城裡，短短幾年時光而已。現在就寫點出來，供讀者參考。

宮內養狗的風氣極盛，據說自從康熙登基誅殺顧命大臣鰲拜之後，為了防身，所以提倡養狗。後來不但后、妃、阿哥、格格們養狗，就是太監、宮眷們，沒事也要養上幾隻狗來逗樂解悶。宮裡養狗除了看宮護院的西藏大獒犬外，一般養狗講究頭大臉寬、腿短毛長的哈巴狗，尤其體形越小越名貴。據說這類最小的狗又叫袖犬，冬天可以藏入人的袖筒子裡取暖。北方人隆冬穿一種鞋，重棉厚底叫做老頭樂，臥入匹前的老頭樂裡，就是袖犬的安樂窩啦。據宮監們傳說是明朝萬曆年間，一位掌印太監叫杜用的，把這種迷你小狗引進內宮而加以繁殖的。養袖狗有一套秘訣，而且要特別仔細。到了民國初年，袖狗在外間已經極為稀見，可是要肯出重金跟宮裡太監掏換一兩對，也許還可能得之。

宣統跟他的后妃婉容、淑妃都喜養小狗，沒事就訓練小狗學玩藝。有幾隻愛狗什麼拉車、推碾子、疊羅漢、叼竹筐樣樣皆精，而且百無一失。其中有一隻錦毛叫烏嘴的狗，能一層一層的跳四層籮圈。民間耍猴的，有小狗跳圈一場，能夠每次跳兩層就算挺不錯的了。他的狗能一口氣跳四層，足證在訓練上是下過工夫了。

有一年大概是莊士敦（**英文老師**）的關係，宣統忽然對洋狗發生興趣，驟然之間，他身邊多出了各式各樣的狼犬有十幾二十隻，雖然有專司餵狗的太監，可是狗的隻數太多，一個失神照顧不周，就會撲噬傷人。有一次溥傑買了一根新式手杖，攜帶進宮，有一隻虎頭狗不知什麼緣故，忽發獸性直撲而上，幸虧宮監們發覺得快，擁上搶救，雖然沒被咬傷，可是溥傑的衣袖已經被撕得片片飛舞了。後來被端康皇貴妃知道此事，讓把每隻洋狗都戴上了嘴罩，否則還不知要傷害多少人呢！

「英文字接龍」這個遊戲也是宣統學英文之後常玩的遊戲。宣統學英文之初，用功很勤，總想多記點生字，於是莊士敦老師就給他想出這個遊戲來。方法是隨便拿一本英文書，說明是第幾頁第幾行第幾個字，假如翻出是 people 尾字母是 e，接下去的人就要說出一個以 e 開頭的字來。大家都以前一位所說英文末尾字母開始，周而復始，直到輪到某人接不下去為止。這種益智遊戲的確可以多記些生字，不過有一禁例，就是誰也不准手上拿著字典詞彙來翻。不過王公子弟、勳戚近臣會英文的不多，人太少時只有拿伴讀的小太監們來湊數了。

有一個叫得貴的小太監不但聰明便捷，而且記憶力特強，只要屋裡空氣一沉悶，他能用三言兩語，就引得大家鬨堂大笑，氣氛轉為輕鬆。他在宮裡有個外號叫「傻二哥」。說他傻，其實他比任何人都精明機伶，只是擅長裝傻充楞，不容易讓人察覺罷了。他多半時間是在養心殿當差，因為年紀太小，也只能擦擦桌子掃掃地，做點輕鬆的工作。養心殿套間有一部《韋氏大字典》，有一個木架子架著，傻二哥沒事就在架子前翻字典。他專記不常用的字，遇到宣統接不下去的字，他不是暗中提示就是代為支招，因此一玩接龍絕是宣統贏的時候多。

這種英文字接龍的遊戲，在宮裡玩了有好幾年之久，一直到宣統大婚，這個遊戲才漸漸的消失了。現在想起來這個遊戲的確可以幫助人多記英文單字，可惜現在玩的人不多啦。如果有人打算多記點生字，這個遊戲還是值得提倡的。

北平年俗：白雲觀順星

北洋時期內務部所屬壇廟管理處處長惲寶彝曾說：「全中國的庵觀寺院，只有北平西便門外白雲觀裡，有一座星神殿，是絕無僅有供人瞻拜星宿的殿堂。」惲寶彝曾綜理全國廟宇登記有年，凡事又都事必躬親，所說自然言而有據。

依照星象家的說法，每個人每年有一位星宿值年，一年命運如何，全操在那位值年星宿手裡，每年正月初八，是眾位星君聚會之期，如果依時禱祭一番，自然獲得星君的垂佑。

白雲觀的星神殿在廟的後進西北角，殿內分上下兩層，塑有各位星神坐像，有的彪眉皓髮，神姿奕奕，有的顰蹙唬笑，虎踞蛟騰，這些木雕泥塑、栩栩如生的法身，高度與人相若，據說皆出自名匠手雕。已故武生泰斗，一代宗師楊小樓常說：「我的《鐵籠山》姜雄觀星、《林沖夜奔》亡命走荒郊兩齣戲裡有若干身段，就是在星神殿打坐，潛思冥想觸機而得，上得臺來派上用場真是又俐落又邊式，那都是出自各位星君的慈悲呢！」

凡是到星神殿祭星的人，據說一進殿門，隨便認定一位星宿，往右邊一尊一尊的往下數，譬如說您今年正好花甲週慶，您就數到第六十位，再仔細端詳那位星君的法身，儀容神采，跟您自己的長相，越瞧越有點彷彿，筆者每年正月初八逛白雲觀未進星神殿之前，很想今年一定要數數看啦，可是一進殿門就把這事忘得乾乾淨淨。

在清朝末年曾任步軍統領的江朝宗，對白雲觀的星神殿最感興趣，他連著三四年到白雲觀順星，一進星神殿就認定一座尊神，往右數到自己年齡，三四年居然同是一位尊神，所以江宇老每年到白雲觀順星總是虔誠頂禮，絲毫不苟，民國二十四年用無名氏名義把星神殿眾位星君的法身，重新裝金黝堊、丹漆彩繪，煥然一新，誰又知道是江宇老的傑作呢！

還有一種簡單順星的方法，就是每位星神座下，貼有一張黃紙籤兒，註明那位星君是幾多歲的值年星宿，您認準後，就在那位尊神座下，燒香、磕頭、許願、給香錢、添燈油，也算順星功德圓滿。

歐美青年男女，對於白雲觀順星，似乎也興趣挺高，每年正月初八多半也是爭先恐後，絲鞭帽影騎驢而來，不知道他們是跟著進香的人起鬨，還是他們是篤信宿命論的信徒。進到星神殿隨喜，一個個指指戳戳，好像還挺誠敬的，數到自己的值年星君，也是口中念念有詞，焚香膜拜。後來觀裡道士靈機一動，把每一位星神座下加註阿拉伯字碼，這對歐美人士來進香，增加了不少便利，興趣更濃，而道長們的荷包裡也就更豐盈了。

北平住家戶兒，不願意到白雲觀星神殿燒香祈福，也可以在自己家裡順星，祝告值年星君保佑一家大小，一年到頭順順當當。祭星當晚要等天上星斗出齊，家裡人全在家，沒有外客時，於是把預先準備好的供品排列在正院所設的天地桌兒上，燈花是用方孔銅錢做底，外面用黃白燈花紙裁成菱形包起來，在香油裡浸潤，吸足油分，然後放在陶泥做的燈碗（又叫燈盏）裡，每盞酌添一點燈油，增加亮度。燈花黃色四十一盞，白色四十盞，一共八十一盞，據老一輩人說，盞數、顏色，都有講究，不能亂來，可惜這個老媽媽論，筆者也記不起來是些什麼典故了。

老古董

吉羊

——羊年當令，從羊的古典傳說，談到吃羊肉。

一元肇始，歲次己未，又輪到十二生肖的羊來當令了。古人紀年，別立歲陽歲除，今年己未，照《爾雅》上記載應當是屠維（己）協洽（未），羊在動物中是群策群力最能合群團結的動物。

「羊」就是古「祥」字，古代彝器款識上吉祥多作吉羊，所以從字面上講，羊年是祥瑞之年。

「魚雁」是古時候婚禮，男方向女方納采贄敬，以雁為聘，鄭康成謂取其順陰陽，敖繼公說飛其雁不再偶之意，後來因為雁的來去，是有季節的，並不是隨時可得，於是魚雁之禮改用鵝羊兩者來代替。民國初年在北平大街上，還時常見到用大敞車拉著羊羔鵝酒，還把白羊白鵝染了胭脂紅，穿街過巷往至親好友家送，一方面告訴親友，自己家裡的閨女什麼時候出閣，收禮的親友留下的采禮越多，將來所送奩敬（北平叫添妝）自然要豐盛了。至於羊鵝兩項，如果舅父、姨母中表姨表之親，兩家生活尚稱充裕的話，那就要或留羊或留鵝，甚至鵝羊雙留，不過所留鵝羊既不能宰又不能賣，要設法放生。後來世風日薄，講求實惠，把羊羔鵝酒改成了衣料首飾。在抗戰前一、兩年，正月初八、十八如果您到白雲觀「順星」、「會神仙」，羊圈鵝柵還有殘存老羊老鵝在那兒養老，那就都是這類聘禮，送來放生的。

大尾巴羊在我們中國西北，是大眾的恩物，「衣」、「食」兩項都離不了大尾巴羊。三教九流不論季節，誰也少不了一件老羊皮襖，西口皮統子，不但暢銷平津華中一帶，就是閩粵人士有人宦遊西北，也要帶幾件羊皮統子回南送人呢！羊皮裡老灘羊皮襖，是最平民化的啦，在西北各省，凡是趕火車拉駱駝的，人人有一件肥大大的白渣兒皮襖。既不吊布面，也不釘鈕扣，用一條布搭膊，往腰裡一繫，吃的鍋魁硬饃，喝的土酒白乾（盛酒的小壺叫瘺子，又叫咋壺）都往懷裡一揣，白天是皮襖，晚上當被窩，方便俐落，而且實惠。有錢的人講究穿蘿蔔絲灘皮，毛頭細密而長，質地輕軟而暖，毛頭最長的有九道彎，有的一整件皮襖，捲緊能塞進粗不盈握的毛竹筒子裡，那叫九道彎竹筒灘皮，那算西口出產的特級品啦。

西北大草原上，羊肉羊奶是游牧民族主要的飲食，在黃沙無垠的沙漠裡，縱馬急馳了一整天，又累又餓。從宰好的綿羊身上斫下一條羊腿，搽上調味料架在熊熊火焰上炙烤，等到羊脂溫潤，肉香四溢，用自己所掛的解手刀，看哪塊好就割下來，盡量引卮大啖一番，就是平素不吃羊肉的人，吃起來只覺得紅暾暾、油汪汪、香噴噴，肉嫩味厚，也覺不出什麼腥羶羊騷味了。醉飽之餘，倒上一杯茶磚熬的釅釅羊奶茶，躺在厚厚都嚕氈子上，疲勞盡釋，不是親身經歷過的人，是體會不出個中滋味的。

羊肉在中國食譜上，雖然沒有豬肉來得普遍，可是各有吃法不同罷了！像湖州雙林的板羊肉，揚州老伴齋紅爛全羊頭，蘇錫菜的凍羊膏，上海邑廟的羊肉大麵，西安的羊肉泡饃，平津的炰烤涮，隨便寫寫就是一大篇，足證羊肉在我們飲食裡其普遍程度，僅次於豬肉而已。

談到吃羊肉，據老一輩的人說，平津一帶吃的炰烤涮，都是從張垣來的，口外（**北平人稱張家口以北為口外**）的羊因為風高草肥，雖然膘頭足壯，可是多少帶點羶味，可是從口外南來，行行去去，從海淀到北平，所有羊群喝的都是玉泉山天下第一泉的脈流，所以羊群一進北平城裡就會肥嫩腴潤，羶味全無。這種說法雖然不敢全信，可是當年住在天津的寓公闊老要吃涮羊肉，總要讓人從北平帶去，那倒是不假，而且天津的涮羊肉確實比北平的羊肉要羶一點呢！

羊是最馴順合群而且能服從的動物，羊群走在街上，領頭的必定是一隻有犄角的黑色山羊，脖子下面還掛著一隻鈴鐺，羊群自然會跟著頭羊款款而行，很少有炸群亂竄的。曾經聽回教前輩陳阿衡說：「這種黑色有角、高而且大的羊，最初並不是一般山羊，而是『羱羊』。這種羊原產西梁，卓躒耐勞，能遠行負重，羊群有一羱羊為首，自然慴伏無譁，北平市井人管這種羊叫領魂羊，因為帶隊往來終歲辛勤，到頭來可免一死，是羊群中最幸運的了。」

早年北平宰羊，不是送往屠宰場宰殺，而是由羊肉床子請阿衡來，先唪一段可蘭經而後由阿衡操刀宰殺。屠羊都在天亮的一清早，筆者幼年每天清早上學，總要經過一家羊肉床子，木樁上用鐵鉤掛著無頭屠體，地上血漬斑斑，羊肉堆在一處，實在慘不忍睹。來到臺灣雖也常吃羊肉，可是阿衡唪經屠羊的情景仍有時在腦子裡打轉，從前是不敢逼視，現在是想看而不可得啦。

北平耍猴兒的除了主角齊天大聖之外，也有一狗一羊為配，這種羊也是大尾巴綿羊，耍猴兒的說：綿羊心靈性巧，教玩藝兩三遍就會而且記住就不忘了，山羊可就不靈光啦，教起來費事，而且轉眼就忘。另外山羊吃得多費草料，拉得多到處留情，隨地撒羊糞蛋兒，如果有人叫到深宅大院去耍猴兒，弄得滿院子都是羊屎蛋豈不大殺風景，所以耍猴兒沒有用山羊的道理在此。

新疆督軍楊增新，不但善演《易》禮，尤擅子平，更精羊卜，先師閻蔭桐夫子說：「楊鼎帥久駐天山南北路，得西羌異人傳授羊卜，又叫灼占法看休咎，靈驗不爽，楊在被刺前一月，曾卜吉凶兆係主位大凶，並且要見血光，誰知楊果然遇刺逝世。」羊卜方法，據說是用乾艾絨來燒羊腿骨，炙久骨裂來看裂紋長短、深淺、歪直來判斷吉凶禍福的，源出龜筮，不過西域改用羊髀骨而已。當初堯樂博士來臺，在新公園露天請客吃羊肉抓飯串羊肉，有位招待人員，是新疆庫爾勒人（姓氏已記不清）就對羊卜博解宏拔，得有真傳，所談休咎多數靈驗，至於信不信，就由您啦！

昔日最高學府國子監

去年雙十節成大林教授介紹一位荷蘭鄧霍爾先生來看我，接談之下，他是來臺灣研究中國風土文物的，最近他在一本書裡看到莊士敦先生（宣統的英文師傅）拍攝的幾張北平國子監的照片，他對於前朝皇帝「臨雍講學」這一套制度，覺得好奇，這對於現代的莘莘學子也激起了若干鼓舞作用，所以很想知道國子監的概略情形，林教授一太極拳就打向筆者來了。筆者離開北平已經三十多年，當年先伯是官學生，每月初一、十五要到國子監聽經授課，筆者有時追陪先伯到國子監隨班聽祭酒講經授課，博解宏拔，肅括精深，當時年幼聽了似懂非懂，兀坐無聊，於是偷偷溜出來東瞧西看，聽經受業雖然毫無所得，可是對於國子監裡的一切情形，瞭如指掌，歷久不忘。

國子監在北平安定門內孔廟西邊，和孔廟是有門相通的。它最初建於元朝至元二十四年，在元代是最高學府。到了明永樂年間修建改為國子監。到了清朝乾隆年間，又加擴大，距今是六百多年前的建築物了。

國子監大門——集賢門，是一座黃色琉璃瓦文采燦明的大牌樓。集賢門裡便是國子監最突出的建築「辟雍」，它是一座重簷四垂、桁梧複疊的大殿，殿的頂尖上安了一顆巨大鎏金寶頂。錦雲金闕，映日增輝。殿外環以月牙池，池上圍著漢白玉石欄，虬龍顧尾，丹鳳銜珠，雕琢工巧，氣象萬千，四面有石橋可通，殿中設有講經寶座，是皇帝「臨雍講學」的講堂，旁邊豎立乾隆寫的「御製國學新建辟雍圜水工成碑記」石碑。

辟雍後面，正南有奐奐宏榮的彝倫堂，堂的正中設有康熙皇帝御製「祭酒箴」屏幕，雅瞻工緻，夔夔齊立，發人深省。東廡有「繩愆廳」和「率性」、「誠心」、「崇志」三間講堂；西廡有「博士廳」和「修道」、「正業」、「廣業」三間講堂。彝倫堂是國子監祭酒講學和生員謁見宗師、座師的場所，東西上堂是監生們聽經、受業、解惑的課室。

國子監祭酒，在清朝是滿漢各設一員，雖然官階只有從四品，可是國子監是高等學府，國子監祭酒更是經常衡文量才清高的京官，像晚清國子監祭酒盛伯羲

（昱）不但是衡文高手，而且剛棱疾惡，耿介宏達，蔚成一代文壇盟主。

據傳說，每科殿試傳臚之後，大魁天下的新科狀元，要率領全榜的新進士，到國子監行釋謁典禮，所有貢士都要大禮參謁祭酒。祭酒朝衣朝冠，巍然北面高坐，肅靜無聲，受新貴們謹敬參拜。相傳祭酒只要微露笑顏，或是欠身招手，這都對新科狀元公不利的。盛伯羲祭酒在光緒恩正併科進士中，有十多位跟盛伯羲平素都是交好甚厚的老友，倘若夷然不顧坦而受之，內心必有不安。光自抑謙又恐對新科舉子們不利，後來被他想出一則絕妙高招，等新貴人們魚貫進入彝倫堂，他就閉目合睛默誦《聖諭廣訓》一段，等他念完，正好參謁大禮告成，就不致失儀了。萍鄉才子文廷式跟盛伯羲都是清流派中堅份子，文給盛起了一個外號叫「背書祭酒」，文的「驢面榜眼」也就是盛老投桃報李的傑作。這段文壇雅謔，知道的人現在恐怕不多了。

國子監大成門過道左右，陳列著周宣王大狩，史籀作項記功，刻為石鼓形，鼓共十隻，東西各五，每隻石鼓圓徑只有三尺多。據說唐代中葉原存陝西鳳翔府的孔廟，可惜因為久棄荒野只餘九隻，到北宋時，才向民間搜得，湊成完璧。鼓文因為漢唐時期，散棄甚久，風雨剝蝕，宋代大儒歐陽修所見石鼓僅存四百六十五字，寧波天一閣所藏北宋拓本四百六十二字，據以寫石鼓著稱的吳缶老說，這算是他歷來所見最完整的拓本了。筆者在上海見劉公魯收藏的石鼓拓本僅殘存二百六十七字，沈寐叟、朱彊村均有題跋，認為公魯所藏字少而精，仍是海內善本。國子監從前有一位崔姓司庫，他酷愛石鼓，搜藏拓本有四十餘種，其中多者達四百六十一字，自稱是海內最完善孤本。其實乾隆皇帝臨雍講學時，看見原刻日益漫漶，於是選石考正，費了近四年的時間，才把新石鼓摹勒完成，共得四百六十四字，僅次於歐陽公所見珍本，比崔君海內孤本還多出三字。民國二十年左右，如果到國子監觀光訪古，這種拓本碰巧還可以搜求得到，售價也不過是二十枚銀洋左右而已。國子監彝倫堂西側，有一棵古槐，枒杈聳矗，是元初大儒國子監祭酒許衡（**世稱魯齋先生**）親手栽植的，清榮峻茂，令人對前代先賢的宏達博雅興起無限欽佩。

還有一件引人注目的文獻是清朝儒生蔣湘帆窮畢生精力，用了十二年時間所寫的《十三經》石碑，林林總總一共一百九十座石碑澹蕩雍容，鱗次櫛比，陳列在後院太學門東側，筆者每次到國子監總要到那片碑林瞻謁一番，這種毅力氣魄足供後世的垂範。

國子監儀門外，還有一座贏鏤雕琢的巨型石碑為明太祖朱元璋《訓示太學生的敕諭》，是用白話文寫的，和彝倫堂清康熙皇帝玄燁寫的《祭洛箴》一座典麗一座通俗，拱立對峙，異常有趣。胡適之先生生前說過朱洪武那篇白話文清新樸實，氣格老成，是白話文的上選。北京大學中文系教授則認為劍戟森森，出自帝王口吻未免恣肆卑俗。總之無論如何，這兩座石碑都是國子監重要史乘的參考資料。近來聽說前幾年紅衛兵對於名勝古蹟盡量破壞，把保存了六百多年的最高學府蹂躪糟蹋得面貌全非，然後付之一炬，遠道傳聞是否屬實尚未定論。今因為鄧霍爾先生的垂詢，把記憶所及，特地寫出來，不知對於鄧霍爾先生研究國子監沿革能有所助益否？

中元普渡話盂蘭

老古董

過了處暑，一晃就是中元節了，中元之名，同於上元，本來無關乎迷信，原本是釋道兩家一種節會，原名瓜節。有些篤信鬼神的人稱七月為鬼月，中元節為鬼節，傳說是從七月初一起，就大開地獄之門，所有終年受苦受難禁錮在地獄裡的孽魂厲鬼，都可以走出地獄，獲得短期遊蕩，享受些人間血食。這個大家都認為不吉的月份，既不嫁娶，更不搬家，尤其家裡有嬌兒稚子，太陽一下山就禁止在外間玩耍，以免遇上鬼魅，惹禍招災。

按七月十五日成為佛教節會，因為那天是僧眾結夏圓滿的日子，所以佛教人士於功德圓滿之日，施佛及僧，以報親恩，中元節作盂蘭盆會，也就是這個意思。根據《盂蘭盆經》上記載：當年釋迦牟尼初次弘揚佛法，收了印度兩位學者做弟子，第一位摩訶舍佛尊者，第二位摩訶目犍連尊者（**就是世稱的目蓮僧**），目蓮堅忍卓絕，勤修佛法，在眾弟子中神通廣大法力無邊，他偶然間神遊天堂，看見慈母亡魂正在地獄中惡鬼道度諸苦厄，目蓮不避艱阻，急忙趕到地獄去營救。他用化緣的缽盂盛飯餵母進食，不料母親手剛一碰缽盂，飯菜立刻燃燒，頃刻化成灰燼，仍舊過著忍饑挨餓的劫難。目蓮看見老母為此受罪，於是向佛祖求教。佛祖告訴目蓮說：「你母生前作惡多端，罪孽深重，必須十方僧眾，在七月十五日，以食饌百味放置盂蘭盆中，唪經超度，使在世及亡故父母，皆獲福蔭，而出三途之苦。」目蓮救母心切，發願奉行，他母亡魂才得脫出苦海。據《大藏經》記載：「目蓮以母生餓鬼中，佛令做盂蘭盆，以奇果素食置盤中供佛，而母得食。」（**「盂蘭」梵語是「倒懸」的意思**）佛教自印度傳入中國，到了盛唐就有人根據《盂蘭盆經》、《大藏經》所說，舉行盂蘭盆會，並且編成故事鼓詞戲劇，弘揚孝道，一直流傳到現在，而且遍及東南亞信奉佛教的國家。在中國各地相傳每年七月十五日中元節，是祖宗靈魂回家的日子，無論貧富都要錢鏹脯醴、香花蔬果，焚鏹奉祀，以盡孝思，就是僻處滇黔邊區的苗猺同胞，七月十四到十五兩天也要焚化紙錢，遙祭先靈。他們祭奠比漢人還要隆重，一共舉行兩天，十四叫江南節，十五叫江西節，至於名稱如何由來，就是他們年老酋長也只知其當然，而說不出所以然來。他們祭品跟漢族不同，有一種西瓜山，一種紫茄餅，是祭禮中必不可少的。西瓜山是挑選最碩大西瓜從中分上下，切成若干齒紋，紅瓤黑子丹朱爛漫，手法熟練，極見巧思。紫茄餅是用糯米製成皮，用青菜茄泥做餡，據參加過祝祭的人說，紫茄餅做法種類繁多，苗婦們技巧橫出，其中還含有比賽割烹手藝優劣的意味，算是苗疆一種珍食美味了。

中國黃河流域有些省份，除了奉祀先靈之外，還有獻麻穀的風俗，新的麻穀收割登場，把整枝穀穗，陳列在供桌上，等到焚鏹送神後，就把麻穀送回田壠上插起來，俗稱「送麻穀」，因為此時正值麻穀已登，還含有告稽薦新的意思在內呢！

中元夜晚除了放焰口之外，近水地區還要點放河燈（臺灣叫水燈），傳說把水燈放在溪流之中，能夠燭照幽冥，把一些孤魂野鬼引領重登衽席，超脫轉世投生。清朝放河燈，以北平南城的二閘最具規模，當年漕運南糧北運，是由稽查京東十七倉糧官驗收歸倉，歷年在運河裡溺斃的人伕，當然不在少數，所以糧官有筆專款，專供中元節放河燈祭孤之用。早年二閘的河面寬闊，碧水清明，船舶可航，放起河燈來，萬斛繁星，迴光倒影，瀠洄明滅，非常壯觀。民國肇建，北海、什剎海、高亮橋也都放過河燈祭孤，星星點點，比起早年在二閘放河燈的盛況，可就遜色多了。

民國六十五年筆者去泰國旅遊，在曼谷恰巧趕上七月十五中元節，泰國是佛教國家，素有萬佛國之稱，那一天凡是靠近湄南河的寺廟，一到傍晚，慶讚中元的典禮就揭開序幕。首由高僧大德，登壇開講《盂蘭盆經》，然後由高僧為首，眾信士弟子手持點燭燃香，跟隨高僧誦經轉佛，圍著大殿念完一卷《大藏經》，然後群趨河邊燃放河燈，廟裡並且有人出售一種蓮花形油紙燈，上插蠟燭，入水不濡，至於信徒自備自製的有煤油燈、電池燈、塑膠燈、花籃燈、水族燈，迷離耀彩、爭奇鬥豔，令人目不暇給了。最後放的是廟裡紮製的水排燈，有些寺廟僧侶是紮製水排燈高手，紮的水排燈寶蓋珠幢、錦幡五色，還點綴著嫣紅柔綠各式鮮花，新芳晚馥悅目襲人，比起國內放河燈，又別是一番風味。聽說在日本未竊據臺灣以前，中元節也講究放水排燈，他們中元節叫御中元，不過後來逐漸廢止，已經成為歷史上的名詞。不過七八十歲以上老人，對於當年放水排燈，還有點模糊印象呢！

北平慶讚中元還有一種燒法船的盛典，凡是在七月十五日以前亡故的人，大家都說他們生前行善積德，才能趕上法船，可以往生，不受地獄沉淪之苦，是行善之報。燒法船每年都是歸佛教會主持，由慈善團體各大叢林醵資，共襄善舉，法船是

老古董

由冥衣鋪承紮，北平冥衣鋪糊冥器是舉國聞名的，只要肯花錢，糊出來的法船寶相花紋，風光體面，那就甭說啦！北洋政府皖系當權的時候，王揖堂任內務總長，朱深任司法總長，由王朱兩位發起舉行一次超度陣亡將士祭孤法會，在北海小西天延請各大叢林僧侶念經超度，放焰口祭孤魂。所紮法船有三丈多高八九丈長，金鉞玉斧，扇拂旌幡，真是點綴得斑龍九色、金縷閃爍，令人疑假疑真，等到功德圓滿焚毀法船時候，不但五龍亭擠得人山人海，就是隔海的漪瀾堂沿著石欄一帶茶座，也是座無虛席。這種盛況，當時認為雖非絕後可稱空前，總之拋開迷信不談，中元節起源於孝思不匱，慎終追遠，纘緒貽德，比起上元、端午、中秋、情人節等節日，豈不是更深厚宏遠有意義多了麼！

從杜夫人義演談談《硃砂痣》

自從中美斷交，平劇方面伶票兩界響應自強愛國捐款，紛紛舉行義演踴躍輸將報效國家，杜月笙夫人姚谷香女士當時因事去了香港不在臺北，未獲參加，一直耿耿於懷，現在趁國劇學會籌募基金義演前夕加演一場，聊盡棉薄以償夙願，劇目定為《硃砂痣》。杜夫人自來臺定居，雖然公演多次，但是因為腿疾關係不便穿靴子，故粉墨登場多演老旦，此次毅然以生角應工，藝循孫汪，肅括宏深，蒼勁清越，元音鐘呂，允屬難得一聆雅奏。

《硃砂痣》當年在大陸，一句「借燈光暗地裡觀看姣娘」，跟《斬黃袍》的「孤王酒醉桃花宮」，黃口小兒都能琅琅上口，尤其夜晚走黑道的人，越走心裡越嘀咕，喊一嗓子「借燈光」，唱兩句「桃花宮」，彷彿就心粗膽壯百邪不侵了，可惜來到臺灣，從前人人能哼兩句的戲，變成冷戲，漸漸就要失傳了。

老古董

余生也晚，汪桂芬（外號汪大頭）這齣戲雖然聽過，少年人喜歡聽火熾的武戲，對於做表少、唱工多的汪派戲，小孩實在沒有什麼興趣，所以現在想起來，印象實在太渺茫了。這齣戲也是孫菊仙拿手戲之一，北平哈爾飛大戲院開幕那天，除了邀請名聞中外的賽金花剪綵之外，還特別情商老鄉親孫菊仙登臺爨演《硃砂痣》。當時孫老已年近九旬雙耳重聽，由其家人攙扶出臺，仍由老搭檔孫老元操琴，吳彩霞配江氏，札金奎配吳惠泉，彼時裡子老生李鳴玉正在走紅，本來約他為配，他一聽是老鄉親趕緊遜謝不遑，事後李說老鄉親一聲嘎調有如天馬行空鶴唳九霄，他實在沒有把握接得下來，札金奎嗓子吃高能唱嗩吶，又有一點偏左，所以由札來應工了。誰知孫老元也患重聽，全看嘴形托襯，幾段唱腔有巧有拙，運用自如，居然唱托兩者嚴絲合縫。言菊朋在臺下直點頭，他說熟能生巧，老一輩的玩藝學得磁實，真是令人沒話可說。言自視甚高，少所許可，對於孫的讚譽當然是由衷之談。

時慧寶唱法遵孫，人懶戲少，搭尚小雲雙慶社時總是把《雍涼關》、《馬鞍山》、《戲迷傳》、《罵楊廣》、《硃砂痣》，這四五齣戲輪流來唱，他自己認為《硃砂痣》最為得意，尤其「救你的急」一段如長江大河一瀉千里，痛快淋漓，下戲之後能夠多吃一張家常餅，雖然是句笑談，也證明他對這齣戲的珍視。

王鳳卿是自命學汪的，鳳二覺著《取帥印》、《硃砂痣》兩齣戲都能得汪的神髓，每次唱到得意之處，能夠自然而然的發出了腦後音（王又宸也認為唱《連營寨》「哭靈牌」一段反西皮能出腦後音）。鳳卿晚年登臺，胡琴用乃子少卿（乳名二片）伴奏。少卿是梅蘭芳承華社場面上臺柱子，善譜新腔，手音特佳，一把二胡跟徐蘭沅的胡琴，紅花綠葉相得益彰。少卿除了給乃父拉胡琴外，還傍乃弟幼卿，他的胡琴桶子有二三十個之多，一律交給樂器鋪馬良正代為保存，明天有戲，今天現蒙桶子上蛇皮，利用這股子脆勁震出剛音。有一天鳳二唱《硃砂痣》，覺得那天嗓子特別痛快，一卯上，少卿當然在擔子上一使勁，不知道是馬良正師傅的疏忽，還是蛇皮選得不勻稱，忽然弦碼跳井（蛇皮迸裂碼兒脫落，術語叫跳井），幸虧月琴手陸香林帶有胡琴，立刻接上，才免出醜，後來只要鳳卿唱《硃砂痣》，少卿必定另帶一把備用胡琴，這也是《硃砂痣》的趣話，因為杜夫人義演《硃砂痣》，想起了往事，所以順便寫出來聊供愛好平劇者的談助。

潭柘

老古董

北平有一句諺語是「先有潭柘，後有幽州」，雖然心嚮往之，可是總沒機會去瞻禮一番。有一年北平入夏之後，雨水稀少，中午室溫高達攝氏三十三度，這是北平暑季很少見的。先祖慈忽然動了到京西潭柘寺歇伏避暑的雅興，正當暑假期間，筆者自然是隨侍前往。

潭柘寺在北平西北，出城九十多里到了羅喉嶺，就是入山小徑了，當年姚少師廣孝《遊潭柘》詩：「巖巒嶂開豁耳目，嵐霧翠滴濡衣襟，燕山如此越物表，下視群峰一拳小……。」一把剛一登臨悠然意遠的心情，可以說描繪得淋漓盡致了。

一進潭柘寺門，最醒眼的就是大殿屋脊上的雙鴟吻，發光煥彩，煙雲萬狀，魚龍蝦蟹荇藻，奔軼蟠屈，各現其形。據說鴟高一丈五尺，飛空夔立種種形態，神姿天矯，都不是一般工匠所能塑造出來的。寺裡一位長住的高僧，大家都稱他圓照大師，據他細心考證，寺初建於梁朝，現在佛殿原本是一座深不可測的淵潭，直通大海的海眼，由一神龍守護，唐時有位華嚴上人在潭柘講經，潭龍每天潛藏聽法，苦欲一窺上人顏色，山神告訴龍說，上人一發嗔心，才能著相，著相則天龍鬼神都能見到他本來面目，神龍於是故意把佛前供養的一盂白飯打翻踐踏，上人盛怒之下，神龍果然獲睹慈顏，並當面發心，願施捨自己龍窟供養世尊。有一晚迅風急雨雷電交加，先是兩鴟吻從潭中湧出地面，不一會潭隱地平，現在大殿就是當年潭基，所在屋脊鴟吻也就是當年湧現故物。正殿佛座左右各有一碌青石，用力搖撼，則隱聞澎湃擊撞萬派潮音，並有潺潺細流滲出，圓照大師說，這就是海眼總脈。殿旁有亭翼然，中植枯柘一株，長不及丈，傳說當年蟠屈天矯宛如虬龍，潭柘寺就由此得名的。

潭柘寺大殿前的月臺，雖然沒有戒壇寺的壇臺寬敞，可是列坐一兩百人，還是綽綽有餘的。月圓之夜，素魄初升，和尚們說，凡是有緣的人在月臺上納涼閒眺，只見四野岡巒重疊，浮雲環繞，一霎時大月高懸，繼而遠處點點繁星跳盪明滅，轉瞬之間聚而成丸，飛空騰踔，晃朗煥爛，彷佛要跟皓月爭輝的樣子，多的時候好像有千把盞明燈倏忽而集，可是頂多半小時光景，又都全歸寂滅，天宇澄霽，冰鏡清輝，了無痕跡啦。照一般人說，那是仙狐吐的煉丹，只要月圓之夜就有這種奇景出現，不信鬼神的人則認為是枯骨朽木發出來的磷火，可是四隅峭仄，連峰蔥翠，又哪來枯骨朽木呢！究竟仙乎？鬼乎？還是狐狸煉丹？至今還是一個謎。

潭柘寺的守護神大青、二青，是都下人士所共知的。凡是到潭柘寺瞻禮隨喜的人，也有人見過。古老傳說自從華嚴上人說法，潭龍得道飛昇，龍子大青、二青一直守護潭柘，兩青都不避人，依據明劉侗的《帝京景物略》記載：「龍子者，青蛇服，大如盌，長五尺，僧撫其脊，回首舐僧臂，人龍馴擾，來去可呼。」可惜筆者在山上僅僅住了六天，未能一窺龍顏，據我友白中錚兄說：「大小二者化身，能大能小。」如果真是昔年潭龍之裔，為壽當在千年左右了。

潭柘寺還有一寶是華嚴祖師水墨畫像，畫像掛在佛殿左邊山牆上。華嚴在修竹蕉影交橫之中，騎在一條隱約幻渺的雲龍身上，既無題記，又無款識，廟裡人也說不出是哪朝哪代何人所畫。後來中國畫會的周養厂、湖社的金拱北曾經偕同攝影家張之達攜帶照相器具，入山訪古，用鎂光燈把這幅古畫拍照下來，經過若干名家研究，認為不但布局峭健簡古，就是衣紋髮髻也奧頤深秘，至少是北宋的筆法。霜紅龕主徐燕蓀曾以數月時間臨摹了一幅，在中山公園董事會舉行時賢書畫展，以非賣品展出，風神逸宕，氣勢老成，老畫師說筆周意內，還帶幾分仙氣。這幅鎮山之寶，筆者親自觀賞過，可惜當時對於人物畫涉獵不深，草草一看未能多加注意，後來想起來，很覺失之交臂實在可惜。

寺裡大士殿供奉觀音大士，殿內供桌前有一塊拜磚，也是寺內一寶。傳說元世祖忽必烈幼女妙嚴公主，自幼持齋參禪，頂禮大士，功深日久，頭額手足五體，把地上鋪的磚都磨出痕跡來了。明朝萬曆孝定太后，來潭柘拈香禮佛，把拜磚挖出，用錦匣貯藏，帶回內宮，寺裡僧人又在原址鏤鐫一塊同樣方磚嵌好，經過百年的磨蹭腐蝕，新磚舊硎，依舊涇渭分明，一眼可辨的。右邊牆上嵌有一方石刻，傳說是姚少師道衍親筆妙嚴公主拜磚贊：「頂禮道人雙足跡，身毛不覺忽俱豎。無始懈怠習頓除，覺天雲迸精近日。我想斯人初未逝，朝暮殷勤禮大士。心注聖容口稱名，形骸屈伸安可計。積日成月月成時，積時成歲歲成劫。如是積漸難盡言，水滴石穿心力至。譬如千里始初步，又如合抱生毫末。以踵磨磚磚漸易，磚易精進猶未止。磚穿大地承足底，地穿有時人不見。我獨了了無所疑，因之耿耿生悲泣。願我從今頂禮後，精進為足踐覺地。境緣順逆湯潑雪，又如利刀破新竹。迎刃而解觸熱消，在在處處常自在。又願見聞此跡者，剎那懈怠皆冰釋。」這篇贊文語含哲理，戴季陶曾為舍親李榴孫、詩友汪菱湖各寫一條幅，大家沒事就冥息默想，所以至今未忘。總之這座晉梁時代古剎，不論一磚一石或是一草一木，都有其歷史身世的，不過離城窵遠，漸漸被人忽略罷了。前兩天報紙刊載大陸各地名勝古蹟已非昔年綽約嫵媚，姑蘇名園處處顰蹙唬妝，斷簷殘壁，玉泉翠微，遠如戒壇潭柘，更是莽宿湮跡，淪為廢墟，潭柘久著靈異，龍若有知，飛空展翼，此其時矣。

清宮過端陽

中國一年分三個大節，過年、端陽、中秋，端陽節的名稱最多，又叫「端午節」、「端五節」、「五月節」、「重五節」、「菖蒲節」、「天中節」，古人以五月初五是陽極開始，而當天午時，以天行躔度來說，又正好是日正當中，所以在宮廷中認為天子當陽，對於這個陽極節日就比太陰當令的中秋節重視得多了。

一過清明，內廷專供繪畫的如意館就把各位供奉朱筆畫的愲福來遲的硃砂判兒送到皇后、貴妃住的宮院，以備閒時開光了。這種硃砂判官都是頭戴軟翅巾，緋鼇赤舄，彪眉皤腹，奮袂仗劍，指向飛蝠；判爺的神目、蝙蝠的雙睛，等待后妃們親以斑管開光點朱，眼睛部位是畫苑專畫人物高手供奉預先留下的，只要朱紅一點，立刻栩栩如生，好像判官隨時都凝眸注視你一樣。平劇《烏盆記》裡趙大夫妻謀害劉世昌，趙妻總覺得屋裡掛的判官畫像，隨時怒目而視，膽怯心虛之下把判官雙睛挖掉，可見人物畫得好，真能傳神，不是隨便亂蓋的。這種硃砂判除了皇后之外，凡是奉頒印璽的貴妃，都可以用璽點朱，留待端午賞賜近臣。宮廷傳說這種開過光的硃砂判可以避邪，所以得之者認為比賞賜龍虎福壽字還要光彩呢。重五掛香囊除疫避穢，民間傳說如此，宮裡也不例外。早在過節一兩個月之前，就由御藥房配好多種不同香袋用料，裝在雙套蓋的錫罐裡（雙套蓋可避免香味散失）貼上標籤，連同做香囊彩色柔麗的紬錦珍絲一併送進內宮，以供宮娥婕妤們各憑心機，花樣翻新，鍼黹鬥巧，來縫製精巧的香包了。最講究的香包是用綾子做成虎形，昂首顧尾，綵符斑斕，四隻虎爪各懸一串纓絡，綴以櫻桃、桑葚、鍾馗、龍舟、黍角、傘扇、玉佩、璽璋，不但色兼列彩，而且精細靈巧唯妙唯肖，宮眷如果有別出心裁的製作，既膺懋賞，又獲殊榮，所以香包式樣年年花樣翻新，變成掖庭女紅競巧大會了。有一年有一位巧手宮娥做了一隻長不半寸帶篷的龍舟，寶蓋珠幢，金鉞玉斧，五彩實花，巧奪天工，令人歎為觀止。

一到五月扇子就應時當令了，早在清明之前，如意館就把工筆繪就的團扇分送內宮蓋印，留待重五賞賜勳戚了。最初扇子上以仙山樓閣或嬰戲圖為主，全係初入如意館當差年輕供奉手筆，摹明仿宋，真有幾可亂真精品，不過扇面上不著一字，僅蓋某宮或某后某妃朱紅玉印一方而已。這種團扇尺寸較一般團扇為小，絲光縑素，有的用水紋綾封邊，有的用古錦緞托襯，扇柄更是翠虬綘螭，斑管鳳竹，雅瞻工緻。不過這類團扇，都出自掖庭宸賞，至於皇帝偶發雅興，御筆宸翰，多半是詩詞歌賦寫在摺扇之上，所以這類聚頭扇，宮裡又叫詩扇，不但扇面講究，一面平金或灑金，一面珊瑚或硃砂箋，至於扇骨子更是蟠木離奇，雕琢嬴鏤，不是玉堂金馬翰苑詞臣，還難得膺此殊榮懋賞呢！

重五端陽，普通人家到了五月初一，都在大門二門堂門左右插上菖蒲艾葉，到了端陽正午時才摘下來，棄蒲留艾，說是可以驅邪避疫。至於大內各宮，嚴牆三仞，殿館崇隆，反而倒沒有插艾懸蒲的習俗了。據老宮監說：「內廷傾宮瓊構高不可攀，要遍插蒲艾，非勞師動眾不可，所以玉清金闕，有清一代都沒插過菖蒲艾葉呢！」倒是每逢端午由內務府配製一種龍涎紫金丹、一種驅毒混元散進呈掖庭，從端午凌晨迄至正午，用金猊宮薰四處點燃，雲蒸霞蔚氤氳懵騰，一時蠍蠕蠅蟻遁跡潛蹤，宮廷夏季很少有蚊蟲擾人，大概龍涎金散殺滅蚊蟲效力，比起現代各種強力殺蟲劑還要持久有效呢！

端午節喝雄黃酒，這個習俗流傳已久，《義妖傳》裡白素貞端午節喝了雄黃酒，立刻顯露原形，駭壞許仙官，這是家喻戶曉的一段喝雄黃故事，所以從天子到庶民，端午節都要喝雄黃酒來驅邪避疫。宮廷端午所喝的瓊漿玉液是由御藥房配製，在端午那天用午膳時候依時進呈的。當年舍下有一個聽差李祥，曾經在御藥房當過差，據他說：「配製雄黃酒的酒底子，規定要用宿遷的桃兒酒，也就是民間所謂雙溝大麴，清朝雙溝大麴列為江蘇省的貢品，例由徐州府採辦送京，當地人俗稱這種大麴為淨流二鍋頭，自從列為貢品，於是改稱桃酒比較雅馴。貢品酒是用七十五斤黑釉瓷罈子裝成，到京就掃數發交御藥房留作配製雄黃酒之用，普通人家的雄黃酒是用白乾酒加雄黃粉在太陽底下晒個把天就成啦！皇宮裡雄黃酒，不用一般雄黃，而用結晶透明的雄精研成粉末配製，另外還有七味草藥，那是屬於宮廷秘方，就不是他們一般當差的所得而知了。不過宮裡喝不完的雄黃酒，端午節一過立刻賞給東四牌樓的萬春堂中藥鋪充作捨藥善舉，如果有人被蠍子、蚰蜒一類毒蟲咬傷，用雄黃酒調和化毒散一擦就好，為了廣結善緣，任何人向萬春堂索討，都是分文不取的。

過端午節從南到北都吃粽子，不但各自有各自的包法，而且所用材料也彼此大不相同，以嶺南為例，廣東粽子甜鹹皆備，什麼蓮蓉、蛋黃、冬菇、干貝都能用做粽子餡的材料，一隻粽子等於一碗什錦鹹八寶飯。廣東有一種粽子包法更是特別，長方形粽子，中間凸出一塊來，活像傴僂人的脊背，廣東人索性叫它駝粽，以形象來說，倒也名實相符，北方人吃的粽子，很少有包鹹粽子的，除了江米小棗。白粽子蘸白糖或糖稀吃，就是宮廷也不例外，不過宮中有一種玫瑰滷、一種桂花滷拿來蘸粽子吃，蜜漬柔紅，玉靈芳香，這種上食珍味，就不是一般老百姓所能嘗得到的了。在宣統未出宮前，有一位浙江遺老包了五十枚火腿鮮肉湖式粽子進呈永和宮端康皇太妃（瑾妃）品嘗，當時同治的瑜、瑨、珣三位太妃尚在，分別住在儲秀宮、長春宮、寧壽宮，大家分享之餘，交相讚美，認為別有風味，其中瑜太妃尤有偏嗜，於是傳諭御膳房，每年端午包些湖式肉粽換換口味，要知包湖式肉粽非同一般烹飪，是另有訣竅的，用多少醬油拌攪浸泡，米和肉的比例，包裹的鬆緊程度，需要多大的火頭，多少時間來煮來焐，在在都有講究，不是一學就會的，所以清宮後來端午節的粽子，雖然甜鹹並進，試做了若干次，可是鹹粽子始終不得其法，難邀宸賞，所以未出都門一步。北平的土著只知道粽子沾白糖、江米小棗，至於鹹粽、肉粽向所未嘗，反而不屑一顧了。

清宮自從清室遜位以後，三節須賜勳臣的節賞，自然逐漸免除，不過每年一到五月初一，掖庭內監仍舊開列名單（限於丹臣勳戚、近支王公），在宮廷是眷念舊臣，在宮監們是找點外快。一小碗櫻桃桑椹，一小串江米小棗的粽子，由太監們帶著蘇拉親自送府，受之者還要對著上賞珍食畢恭畢敬行三跪九叩大禮，蒙恩之家男女老幼，按人頭份兒敬致太監、蘇拉靴敬若干車資多少，他們這一天挨家逐戶轉下來，所獲當然不在少數。據說有一位公爵，家道中落，入民國後，時常斷炊，而每年端午節太監、蘇拉依然照齎上賞不誤，某次端節，對於車資靴敬一時無法籌措，逼得公爵夫人跳水缸自盡。這件事後來傳揚出來被太妃們知悉，太監們這種趁年節打秋風的惡例才逐漸斂跡，因為給不起賞錢，逼得受禮人輕生自盡的事，我想現代人一定認為是聞所未聞的新聞吧！

皇史宬石室金匱

前幾天參加一個餐會，與會的都是七十歲以上的老人，所談的自然以陳穀子爛芝麻的事為多。有一位仁兄提出「宬」字如何讀法，這個字匙盈切音成，根據《說文》解釋，這個字是「屋所容受也」，段玉裁註：「宬之言盛也」。由於這個宬字大家聯想到明朝有個收藏秘典實錄的「皇史宬」。

皇史宬是明朝嘉慶年間所建造的，清朝入主中原，踵法前明，舉凡聖訓、實錄、玉牒都要恭送皇史宬尊藏，其作用等於是皇家譜圖書館。清朝定制，每位皇帝晏駕，就要特開實錄館，將大行皇帝一生事蹟翔實記載下來，文直事核，不虛美不隱惡，有很多史料在正史所不載的，往往在實錄裡都記載得很詳盡。明清兩代都設置實錄館，所以明清帝王實錄頗為治史學者所重視。依照大清會典，凡實錄告成，例應恭繕四份，錦衣牙籤，其式遵一，行款花樣，每部各殊。一部藏皇史宬，一部藏宗人府，一部藏禮部，一部送往盛京大內庋藏。唯有皇史宬尊藏之本依例必用蝴蝶裱黃綾本，故皇史宬所藏歷朝實錄雅瞻工緻，最為整齊，不過德宗景皇帝的實錄，是在排除萬難中修成，限於人力財力，只繕正兩份，一份仍送皇史宬，一份則送大內乾清宮保存，這是歷代最後一部皇帝實錄，從此實錄就變成歷史名詞了。

（光緒實錄未修完，動社乙座，後經內室兩位內務府大臣紹英、世續倡議續修，在宣武門內頭髮胡同開設實錄館，才續修完成。）

舍親瑞景蘇曾奉命進入皇史宬整理玉牒、曝晒實錄，並派過一趟恭送玉牒到盛京的牒差，所以他對於皇史宬的情形所知較詳，以下是他所說大致情形，他說：皇史宬在東華門外南灣子，不用一木，全部建材係以金磚巨石建造，為了防範火燭，雖然玉堂奐奐，可是不闢門窗，嚴牆三仞，氣象森森，更顯得廟貌崇隆令人敬肅。丹墀以上兩夏重棼雉門兩觀，三門並列，兩邊一名左門，一名右門，中為「皇書曆門」，皇書二字並為一體算是一字，據說字音字義，均與龍同，所以讀起來是「龍曆門」。明代各帝，率多喜用冷僻怪字，尤其喜歡創新，這個字就是嘉靖皇帝宸衷創造，而且皇史宬門上三個字還是這位皇帝老倌的御筆呢！

清代玉牒，照例是每十年修纂一次，等進呈御覽後，一份恭送皇史宬，一份另派專使齎送盛京大內。龍梭頭蓋，鹵簿儀鍠，擁護錄亭，鳴螺捶鼓，各極盛況。皇史宬近在皇城咫尺，錄牒奉安，行祔祭禮之後，就算終典禮成。至於送往盛京的牒差，可就麻煩啦。行程必須遵循驛道，要經由山海關出關，共分十五站，驛丞們稱之為裡七外八，就是山海關裡七站，關外八站，既不能快，更不能慢，每天必須按照排定日程表按站而行，護送大員例由皇帝欽命近支親王宗人府大員扈送，沿途適館授餐，各種雜差，恣肆需索，遇上不知體恤下情的親貴們，真能把各驛站鬧得雞飛狗跳，天下大亂。清末最後一次牒差，是在徐世昌東三省總督任內，彼時京奉鐵路剛好築成，通車不久，徐東海就奏請牒差出關改由火車恭送，奉旨照准。迎牒大典那一次籌備事宜，是指派奉天旗務司榮厚，跟內務府金梁會同辦，欽命禮親王恭送到盛京大內敬典閣尊藏，扈從的宗人府及禮部員司多達百餘人。雖說國步方艱，一切從簡，力爭撙節，那趟差事可也支銷了庫帑七八十萬兩，這是有清一代最後一次牒差大典了。

清室遜位，民國肇建，袁世凱雖然就任中華民國大總統，但他是妄冀非分，總想君臨天下過過皇帝癮的，可是恪於優待清室條件，尚不敢把皇史宬拿過來據為己用，乃於民國五年在中南海萬字廊南隅，又新建一處石室金匱，石室內外一律用雲南白石，雖然沒有皇史宬那樣穿廊圓拱，飛甍雕翠，倒也奕奕奐奐，氣象萬千。石室金匱建造完成，是將預擬續任總統名單納諸金匱，藏在石室，金扉嚴扃，不得輕啟。據阮斗瞻說原始名單所列計共三人，第一位是黎元洪，第二位徐世昌，第三位是袁克定，後來又傳說又有人潛入名室把名單順位又偷偷更換，究竟真相如何，就非我們外人所得而知了。袁氏帝制失敗，一劑二陳湯急氣而亡，大總統由黎元洪繼任，第二年春天黎宋卿跟夫人黎本危在中南海舉行盛大遊園會，一時冠蓋交錯，裙舄如雲，石室金匱，玉堂鍵扃，雉門重開。所謂金匱，不過是一具金鏤實花、盛飾增麗的保險箱而已，據說這座金匱當時耗用了內帑達五萬元之多，老袁想做皇帝，不惜靡費公帑的情形，由此也就可見一斑了。

清代皇陵被盜述聞

民國六十三年夏季，筆者到香港旅遊觀光，在所住九龍彌敦飯店門前報攤上買了幾份小型報紙，拿回飯店準備用來破悶醒睡，看見《明報》上登有一則大華出版社廣告，是高伯雨先生所寫《乾隆慈禧墳墓被盜紀實》，介紹此書係記述一九二八年孫殿英發掘東陵經過，並附印清室內務大臣寶熙（瑞臣）之《東陵日記》原蹟印本。清陵被盜當時，溥儀正僦居天津張彪花園，聽說祖宗陵寢遭受翻屍倒骨的慘劫，除了素服減膳、設奠遙祭之外，一面並要求政府追緝盜陵匪徒務獲嚴辦，並派寶熙（瑞臣）、耆齡（壽民）、載澤、溥忻（雪齋）、陳毅（詒重）五人為清室善後委員，馳赴陵寢重殮改葬。寶瑞臣是親與其事的主持人，所寫日記手稿，是第一手的資料，自然翔實可信，彌足珍視。筆者初履港九，人地生疏，大華出版社固然無從打聽，就是此書總經銷國光書局，問了幾家書店也毫無眉目，後來匆匆離港，只好作罷。

本年五月份《藝海雜誌》刊有高伯雨先生一篇乾隆慈禧墳墓被盜文章，並附有寶瑞臣於役東陵二十一天日記，承夏元瑜兄見告，方獲拜讀，雖非影印手稿，也就覺得非常名貴了。

這件盜陵案是馮玉祥舊部孫殿英主謀，授意他手下兩個師長譚溫江、柴雲陞查勘策劃，於民國十七年五月十七日（農曆）上午由工兵營帶頭動手爆破的。寶熙等五人一行係農曆七月初四銜命出發，初八馳抵乾隆裕陵探看，因為潭沱處處，深及脛胯，用抽水機渫去積潦後，初十才正式進入地宮寢殿仔細察勘的。距離毀陵盜墓已有五十多天，孫率部眾大掠之後，其間再加上散兵遊勇、混混兒無賴，你進我出予取予求，任便翻騰擄奪，已經是烏煙瘴氣，面貌全非了。事後清室雖一再請求緝凶，可是有如石沉大海，迄無蹤跡可尋。

過了兩年有人發現孫的侍從張鳴岐在青島出現，向英美菸公司一位大班歐妮爾出售玲瓏剔透的九龍奪珠子母綠手鐲，索價巨萬，經行家鑑定是天府奇珍，結果東西尚未出手，偵騎一到，而張鳴岐鴻飛冥冥，被他兔脫。到了民國二十二年，又發現有人攜帶大量珠寶住在漢口太平洋飯店，天天到既濟水電公司俱樂部，跟一些豪商巨富酒食徵逐，乘機就兜售一兩件名貴珠寶。有一天武漢警備旅旅長葉蓬的太太藍夫人（**藍天蔚胞妹**）看中一件十八子東珠手串，珠光奪目不說，每粒大小一致，而且冷豔滾圓，尤其翡翠九子魔母佛頭碧綠夐絕，刻工更是奇矞工細，因為索價太高，尚未敲定，被漢口名報人凌梅癡寫了一篇《觀寶瑣紀》，說所售珠寶都是些稀世之珍！於是有人猜測這些珠寶可能得自東陵，一時風風雨雨傳遍武漢，在警憲跟蹤，加緊查究情形之下，主犯雖被兔脫，可是終於在藕池口緝獲了人犯兩名，一姓紀，一姓王，兩人都是譚部親信，參加盜陵工作的主要幹部。此案交由當時武漢綏靖主任公署審訊，筆者好友戴少崙（**係綏靖主任何雪竹表弟**）時任軍法官，戴兄對於此案異常重視，審訊時隨手札記，故對於盜陵的前因後果知道得非常清楚。公餘無俚，他就把盜陵案當作醒睡破悶的聊天資料了。

據他說：孫殿英目不識丁，是個不折不扣的老粗，原隸西北軍馮玉祥部下，此人狡詐多變。民國十七年春季，孫部接受中央改編成為獨立旅，指派駐防冀東遵化、易縣一帶。當時奉軍馬福田部隊因受排擠突然譁變，譚、柴二人率部夾擊，一下子就把馬福田打垮，又把馬的殘餘收編，因此孫部名為一旅，實際有七八萬人之多，比一軍的人數只多不少，可是以一個獨立旅的餉糧給養，如何能維持一軍之眾呢！而孫殿英的部眾，都是些雜牌隊伍，要是三個月不關餉，不兵變就要開小差啦。孫殿英在窮愁無計之下，就決定盜挖皇陵來充裕餉源了。（按：清代關內陵寢共有兩處，一處在河北省遵化縣的昌瑞山，稱為「東陵」，一處在河北省易縣泰寧村，稱為「西陵」。順治的孝陵，在昌瑞山正中龍脈。康熙的景陵，在昌瑞山左麓。乾隆的裕陵，地名勝水峪，緊依孝陵的東面。咸豐的定陵，地名平安峪，在裕陵西南。同治的惠陵，地名雙山峪，在景陵東南。孝莊后昭西陵。孝惠后孝東陵。慈安后地名普祥峪，定東陵。慈禧后地名菩陀峪，定東陵。）

孫殿英認為康乾慈禧殉葬寶物必多，又都葬在東陵，都是自己汎地，於是決定先從東陵下手。首先授意譚、柴兩師長，向外揚言，因機械彈藥分配不均，彼此發生小規模衝突，繼而愈演愈烈，勢同水火，劃分禁區厲兵秣馬，有如戰事一觸即發，大量搬運炸藥爆破器材，防人窺破，於是宣布戒嚴，斷絕交通，禁止人馬通過。盜陵任務由譚部工兵營營長王德昌擔任，並且口諭說明，這一項任務關係全旅存亡，只許成功不許失敗，事情要做得乾淨俐落，以防有關方面追緝，所得陵墓中寶藏，一律不准私藏隱匿，如有故違，一經查實，立即軍法從事。王營長受命之後，率隊出發逼近東陵一帶，只見峰巒修亙，茂草深松，打算選一座寶藏最多的陵寢動手，正在猶豫不決之際，因為慈禧的定東陵奉安不過二三十年，墓道砥平，松楸整齊，於是選中了菩陀峪的定東陵為第一目標。就在農曆五月十七日凌晨，王營長率領工兵營弟兄連同爆破手約一百人左右，齊集在陵寢之前。可是進入地宮的墓道石門，金扉嚴扃，無法打開，於是動手挖掘雉門石方，但石門杼軸是嵌在石壁裡面的，嚴牆複疊挖掘十分困難，剜刨均毫無所用，只好由爆破手用炸藥來轟炸了。一霎時石塊亂飛，煙霧升騰，用了一兩百斤炸藥，也不過炸開一個僅可通人的洞穴。

大家摸索蛇行而進，迎面是一條三十多級漢白玉臺階的墓道，裡面湮窒淒清，森然可怖，用電筒照射，前方又是一座雕琢贏鏤、飛金紵丹的鐵門，堅重厚實。大家也知道挖撬一樣無效，於是又堆上炸藥，好在地宮廣闊，讓弟兄們退到安全距離，一聲令下，立刻地坼天崩似的巨響，害得每個人的耳膜都刺痛欲裂。鐵門一扇炸毀，一扇倒在地上，一陣慘慘陰風，從門裡吹出來，大家雖然都是天不怕地不怕混小子一群，可是到了這個時候，也都兩腿發抖，毛骨悚然，膽子小一點的，甚至打算開溜，可是後頭有機關槍督隊，只好硬著頭皮往前闖吧！地宮明堂宏構，手電筒電力微弱，不能及遠，所帶馬燈因為空氣稀薄屢點屢滅，掘墳掘墓本來是瞞心昧己的事，加上炸毀帝后陵寢又多了一層駭怕，一陣子疑神疑鬼，大家你推我搡，趑趄不前，打算撤退。王德昌一看情勢不妙，於是利用裝炸藥的鐵盒注滿清油，用破布條子捻成麻花放在油裡，立刻大放光明，人心大定。王營長挺身而前，走不數步是一座敞廳，一字排列著八口棺木。大家一擁而前，斧鑿鑽鋸，一陣劈撬搥斫，把八具棺材都弄開來，雖然弄出不少珠寶首飾，可是都不是什麼稀世之珍，衣著方面固然也都錦衣璀璨，至於氣勢排場不像有慈禧太后的遺體在內，於是大家在享堂之內，東打打，西敲敲，終於發現正中玉石屏風響聲有異，果然石屏後面有一座暗門，金扉啟處是一座兩夏重棼的寢宮。

殿內丹楹石柱，飛甍雕翠，弘敞輝煌之極，正中停放一具巨型葫蘆頭（**滿式棺木前方都有一木製葫蘆頭**）朱紅亮漆金棺，比一般壽材要高大兩倍有餘。朱棺架在兩隻龍紋彩繪馬凳上，離地也不過六七寸高，兩凳居中地上嵌有一方匐絲鏤花、徑尺大小翠虯碧玉古錢，錢下素湍潺潺，風聲洌洌，堪輿家所說的金井玉葬，大概就是指此而言了。明堂楹栱高懸三盞玉箔玎瑠水晶萬年燈，雖然叫燈，可是體積比一般大水缸還要大上好幾倍，每一盞燈碗裡怕不盛有上千燈油，三盞相連，熒燭如豆，只燃其一，雖不能燭照萬年，點燃個三五百年是毫無問題的。大家一看這種殿堂嚴麗的勢派，一致認定是慈禧的金棺無疑，可是鑑於這種莊嚴肅穆、奕奕奐奐的氣勢，大家都有些膽怯，於是由王營長領頭在靈前燒香告罪一番，才連劈帶挖把金棺打開。附棺還有一層梓蓋（俗名七星板），陽面上方嵌綴金線堆成的《阿彌陀經》、《往生咒》、《解劫咒》全文，下方附有簡明墓誌，暨亡者生卒年月，陰面是用金箔攢成西方三聖諸天菩薩說法聽經妙相。梓蓋一掀，頓覺異香馥郁，飛光閃爍，只見一老婦在棺中仰臥，淵雅溫潤，體態安詳，彷彿酣睡一般，身上蓋著星編珠聚八仙過海錦衾，稍一撬弄，衾套就粉碎成灰，整個屍體埋在玉果璿珠琳琅瑩琇之中，霞光流碧，冷焰襲人。慈禧口中含有鴿蛋大小橢圓形夜明珠一顆，金芒四射，寶光輝煌，匪眾有識貨的伸手就拿，誰知腮頰看雖完整，實際早已腐朽，稍一著力，立刻滑落顆子裡頭，在你搶我奪一陣撕擄之下，慈禧終於頸項挨了一刀，那顆稀世瑰寶的夜明珠，也不知哪位快手將軍揣進私囊了。這次盜陵所得殉葬珠寶，除了珠翠鑽石珍玩外，最名貴的是一座白玉雕琢的九級玲瓏寶塔，嬴鏤花紋，煙雲流動，據說這座兩千多年漢玉浮屠，是慈禧生前一直在翊坤宮供養，晏駕附棺殉葬的。另外一件就是名聞中外那隻黑子紅瓤綠皮的翡翠西瓜，望之鮮美，色可逼真。這一隻天家珍異，傳係採自東北混同江的礪石山，被人發現切磋成材，康熙六十萬壽，由黑龍江軍民敬獻御前，恭祝嵩壽的。這隻翡翠瓜，跟九龍杯、祖母綠獅子、碧玉八駿赤金舍利佛塔並稱康熙四寶，同時列為天府珍奇。

大家洗劫搜索，為了囊括墊棺材底的珍寶，甚至不惜把慈禧遺體抬出棺外，放在梓蓋上面（寶熙《于役東陵日記》裡，稱慈禧面與身發酵，生白毛及寸。地宮陰濕鬱悶，又當盛暑，暴屍近五十天，無怪有此現象），大家帶進地宮的容器實在裝不下了，才陸續退出。這一驚人的盜陵消息，儘管嚴密封鎖，可沒有幾天，仍舊傳揚開來。風聲日緊，王德昌一夥人只得暫時隱匿起來，在清室善後委員一行來到東陵以前，其間小股土匪地痞流氓，輪番洗劫，把個慈禧陵寢攪得天翻地覆，泥淖中有珠玉，墓草裡有骨殖，以致清室善後委員進入地宮全都怔住，簡直無法下手清理呢！

在慈禧定東陵被盜同時，譚溫江手下另一位輜重營營長韓某也展開了挖掘勝水峪乾隆裕陵工作。雖然是以同樣手法，用火藥轟炸，因為裕陵用的全是大塊雲石，峻宇嚴牆，複疊灌漿，比定東陵堅固何止百倍，再加上輜重兵不諳爆破，事先的準備又沒有王營長辦事老到周密，弄得聲震四野，沙石蔽天，附近鄉民說起先以為是地震，後來才知道是炸皇陵，炸了三天兩夜，才把墓道石門炸碎可以通行。這位十全老人生前雖然富貴壽考，死後所遭浩劫，比諸慈禧老佛爺尤為慘烈。清代各朝皇帝陵寢，根據龍脈，有把后妃合葬，也有后妃另外開山，並不是一律附葬的，乾隆裕陵是龍躍天門、雲擁帝闕格局，地脈悠長，所以有五位后妃附葬。根據清室善後委員實地查勘時，新舊骸骨狼藉墓道內外，暈珠殘玉俯拾皆是，有的屍骨散不成形，有幾具金棺已劈成殘片。據當地一位鄉民述說，有兩位士兵掀開一具棺木，宮裝峨峨，絢麗涵秀，美晰如生，瑁簪珠履，九色斑龍，兩人打算抬出棺外，扒下這件滿綴珠翠蟒袍，哪知屍一離棺，彷彿聽見一聲呻吟，玉容微粲，兩人嚇得膽裂魂飛，立刻癱在地下，不但神志喪失，而且口不能言，大家只顧搶奪珍寶，並且發生內訌，開槍互相射擊，陵道新死骨殖，就是那班人的遺骸。等到全部撤退，才把他倆拖出墓道，又怕回營醫治洩露風聲，只好把兩個半死人寄放在民家將養。因為當時一人扶頭，一人抬腳，一個抓住珠冠鰈帶，一個緊攢花盆鞋底，由這些斷錦碎幘，才探索出那位面貌如生的敢情是嘉慶生母孝儀皇后，所佔地脈正是靈氣所鍾，所以百年不腐。後來清室善後委員陳詒重曾兩度到那位鄉民家中訪問，這個消息才在京東傳了開來。

乾隆御極六十年，正是清朝鼎盛時代，勝水峪又是帝后貴妃合葬的皇陵，所以殉葬的服御珍賞、累璧重珠，遠比孝陵、景陵來得充牣。大劫之餘，帝后殘骸已經無法辨認，盜陵自相傷殘、殞命地宮的骨殖也都無法細分，清室所派善後人員在無可奈何情形之下，只好天聽腐鼠並殮一棺，草草營葬。想不到自命十全老人，百年身後尚不能安於窀穸，世變無常，能不令人惕慄。以上都是戴兄在閒聊時斷斷續續說出來的。

民國六十五年筆者由香港到泰國瀏覽觀光，在曼谷遇見一位礦冶工程師章君，他一直在北平石景山電廠工作，五十三年才到泰國來定居的。他說中共一向是反對四維八德，只講唯物主義的，貨棄於地豈不是暴殄可惜，他們有一個部門，專門調查古代帝王陵寢，擬訂計劃，大量發掘，前兩年運往美國展覽古代殉葬的金縷衣、犀玉銅冠、兜鍪金鎧，以至最近開掘驪山泰始皇陵，都是這一機構的傑作。當章君離開中國之前，中共已經效法印度埃及的辦法，把清代陵寢重新油漆粉刷，分別開放售票，接待異邦人士入內觀覽了。

章君又說，早在抗戰期間，有個匪幹曹志福原係冀東一帶的青皮混混兒，他把殷汝耕在冀東殘餘的自衛隊，又搜集了一部分流竄進關的皇協軍，七拼八湊成立了第十五軍分區，自任司令員。這一支雜牌隊伍，餉糈無著，三餐難繼，近水樓臺，於是腦筋也動到皇陵上了。匪眾裡碰巧有兩位參加過盜皇陵的積匪，經他們添鹽加醋一描述，曹匪跟幾名親信一研究，認定康熙在位正當海晏河清，做了一甲子的太平天子，壽近期頤，殉葬的珍異，比起乾隆的裕陵，應當只多不少，於是選定十二月十四日夜間動手，先盜景陵。燕冀高寒，地凍霜凝，鋤鉞都難著力，挖了幾天，地泉波湧，先是泥沙夾石，後來急湍浸漬，深可及腰，挖掘工作只好暫時停頓，借來兩部抽水機，日夜不停的抽吸，積潦四處流注，陵園御道霜泉凝沍，結成一片冰河。水雖抽乾，可是嚴牆三仞甃以岩石，仍舊不得其門而入，於是由爆破手動手，就在石牆上鑿了或大或小、深淺不一的洞穴，分別塞滿炸藥，通上引信，連聲巨響，才把石牆炸碎。走不幾步又有一道飛簷重柱高聳的石門，大家正在猶豫是否再用炸藥，突然有人發現石門左側，窗檻之間有一道石槽，鏑杵鎏金，有人認出那是啟閉石門的主鑰，有幾位巧手士兵，摘下來用扁鴨嘴一頭，在門框地軸之間三撥五弄，裡面頂門石球，居然鬆動。大家合力一推，石球歸在槽，石門豁然而啟，玉門瓊構，一共五道，如前庖治，一一應手而啟，再前就進入玉清金闕康熙寢殿式地宮了。寢宮正中是一座巨大漢白玉石床，康熙金棺居左，其餘后妃金棺依序排列，並沒有皇帝居中，后妃左右分列，所謂夾骨葬的方法。榱栱高懸萬年燈，床前設有玉案，所謂康熙四寶就陳列在玉案之上，大家正在忙於打開棺木，那兩位盜墓有經驗的積匪，早就看準天家珍異，把四寶拿起，揣在事先準備好的洋麵口袋裡了。

這次盜墓據說金器論斤，珠寶以香爐為單位來分配，事後追查四寶，只在一民兵隊長姓穆的家裡搜出一隻翡翠獅子，曹志福以姓穆的隊長膽敢私藏國寶，於是捏個罪名把他槍斃，獅子沒歸己有，至於其他珍異流落何方就無人知曉啦！曹匪食髓知味，咸豐的定陵、同治的青陵也都一一洗劫，只有順治的孝陵，傳說順治逃禪剃度為僧，座化翠微，孝陵只是衣冠之葬，並沒有殉葬寶物，所以東陵五帝陵寢，只有順治孝陵得保首領，沒有遭殃。章君逃離北平之前，裕陵、定東陵兩處已經開放賣票，准人參觀，他看過之後都一一筆記下來，所以說得源源本本，讓人聽了，為之神往。

至於早年孫殿英盜陵案，雖然緝獲的是三四流的小嘍囉，可是故友戴少崙兄對於那班匪徒痛深惡極，他又是研究清史的，所以他審訊人犯時鉅細靡遺，隨手作了札記。他隨政府來臺，曾擔任國防部軍法局副局長，我們彼此均忙，所以很少見面，偶或相值，他談到盜陵案，想把本案前因後果有系統地寫出，讓大家了解一下真相，可惜不久他積勞病故，未能如願。每一念及，很想把故人告訴我的一鱗半爪寫點出來，無奈雜沓紛呈，始終未能動筆，因為看到高伯雨先生寫的盜陵文章，於是鼓起勇氣，把所聽所聞寫點出來，事過半世紀，全憑記憶寫出，算是替故友完了一樁心願，不過年老衰退，疏漏錯誤之處必定很多，尚希各界賢達進而教之。

慈禧寵監李蓮英

老古董

太監們在內廷當差，只要能混到一天到晚在御前打轉，懂得眉眼高低，善伺人意，應對便捷，很快就能走紅，一輩子享受不盡了。李蓮英、小德張之流，能夠成為慈禧、隆裕跟前的大紅人，還不都是憑著他們機智小巧、善於逢迎換來的嗎？有人說清朝半壁江山，都壞在李蓮英手裡了。平心而論，李蓮英權詐貪婪，是個罔顧大體只知利己，太后老佛爺跟前一條忠狗而已，若跟明朝的劉瑾、魏忠賢瞞上欺下、禍國殃民的一代權監來比，那還未免太抬舉他了呢！

李蓮英原來是河間府縫破綻、打補子的一個皮匠，生性好賭，在賭場把自己一點辛辛苦苦的積蓄輸得一乾二淨，急怒之下，就引刀一快自宮下體了。河間府的人淨身到宮裡當差的很多，有善心人給了他良方秘藥止痛止血生肌，終於把他救活，等身子將養復元，只有當太監一途，經人引領就投奔首領太監郭吉祥了，經過三勘六驗無訛，最初派在御花園欽安殿照應香火。欽安殿供的是真武大帝，每逢朔望慈禧都來拈香祈福，自從李蓮英派在欽安殿當差，佛前錦傘絳節，寶蓋珠幢，以及祭神用的儀鍠罍卣，總是收拾得纖塵不染、光緻整潔，慈禧喜歡他性靈心細，不久就調到內宮伺候御前起居了。慈禧每天晨妝，專管梳頭的太監叫沈二順，在宮裡時常裝傻充愣，所以慈禧給他起個諢名叫他「傻老」，恩寵有加，可是紅了不久，忽然腿上鬧流火，不能上殿當差，換了幾個梳頭太監，不是把髮根鬆緊紮得不合適，就是獨有一撮髮根滋在外頭，有人慫恿李蓮英試一試，李是有心人，知道慈禧頸上的頭髮剛而且硬，很難順溜，於是事先準備好一小盒髮膠，用小刷子三抿兩抿就把慈禧後頸上那撮特別硬的頭髮，攏得服服帖帖，這一下立邀宸賞，不久升為首領，擔任慈禧的梳頭太監了。

李蓮英雖然日漸走紅，成為太后跟前言聽計從的大紅人，可是他遇事依然謹小慎微，對於一般妃嬪宮娥、女官命婦，有了舛錯，惹太后不高興，他總是盡量替人美言遮蓋，屈意回護，所以在太后左右，人人對他都有好感，說小李子是個幹練敏實、溢美隱惡的好人。

清宮習俗新春正月初二祭財神（江南一帶是正月初五祭財神），祭財神要吃煮餑餑（即水餃，滿洲人叫餑餑），餑餑裡要包一種特製實心小金元寶，比花生米還要小，伺候慈禧吃這頓財神煮餑餑，是由妃嬪命婦拌餡兒擀皮兒親自包小元寶，不假手御膳房的。本來應當包一隻財神餃子大家來吃碰碰財氣，可是大家怕老佛爺吃不著不高興，所以一包就是四隻，每年這四隻財神餃子，都是老佛爺一個人吃出來，所以大家湊趣，都說老佛爺福大財旺，四時吉祥，四季發財。有一年吃財神餃子，是隆裕皇后主持其事，老佛爺吃來吃去，只吃出三隻財神餃子，臉上漸有不豫之色，無巧不巧那隻財神餃子偏讓隆裕自己吃了出來，隆裕固然是忙中無計，大家也正跟著急得手足無措。還是李蓮英靈機一動，立刻走到皇后跟前用二仙傳道手法偷偷把小元寶拿過來，乘人不備塞在新煮好的餃子裡，請老佛爺再吃幾隻新煮的餑餑，哪知，舉箸而嘗，一吃而得，自然僵局解開。大家又是耆年大德，又是後來釃一套歌功頌德，自然龍顏大悅，皆大歡喜，事後隆裕感念李蓮英解圍有功，還給了不少賞賜。後來隆裕當國，雖然有人在隆裕面前媒孽其短，愣說光緒猝死，凶手就是李蓮英，弄得他整天提心吊膽，忐忑不安，可是他終於得保首領終老田園，據說他在太后跟前，從沒說過隆裕的壞話，就是那隻財神餃子還有不小的影響力呢！

李蓮英慧黠善弄，畢竟讀書不多，器小易盈，後來寵信日專，對人表面上仍舊謙恭有禮，可有時在不知不覺中也會露出他悖謬倨傲的氣焰。恭王退出軍機之前，叔嫂每因國事齟齬不歡。恭王新得一隻祖母綠扳指，璇玉瑤珠，瑩然碧綠，整天戴在手上，摩挲把玩，偏偏有一天被李蓮英瞧見，嬲著王爺賞給他見識見識，王爺告訴他，等我玩夠了再賞你玩。哪知過了沒幾天，慈禧召見恭王，在庭對時，看見六爺手上戴著一汪水般的翡翠扳指，要六爺摘下來瞧瞧，哪知慈禧一面摩挲一面誇好，頗有愛不釋手的樣子，一邊問話，順手就擱在龍書案上了，恭王一看扳指既然歸趙無望，只好故作大方，獻給宸賞了。過了沒幾天，恭王在軍機處等候朝參，李蓮英特地親自到軍機處叫起兒，走出屋門向後一轉身，一挑大拇指說：「六爺請您鑑賞一下昨天奴才新買的這隻翎子如何？」（**太監所帶翎子，跟一般文武官員的翎子不同，太監帶的翎子叫喜鵲尾兒，羽毛紛披遮滿腦後**）恭王的愛物祖母綠扳指赫然戴在李蓮英拇指之上，氣得恭王渾身發抖，可是又能為之奈何呢！這時候的李蓮英已非吳下阿蒙，在不知不覺中就露出驕態了。

甲午戰敗，李鴻章入宮請罪，慈禧眷念舊勳，不但沒有降罪，還勉慰有加，李氏感激涕零免冠泥首，因為庭對時間較長，忘記復帽，就倉皇退出西暖閣，大紅頂子三眼花翎朝帽，倉促之間就擱在地上啦！這屬於失儀、大不敬兩行罪名，可又不能重新進殿拾取，只好嗒然退出，等回到賢良寺不久，李蓮英居然親自把那頂大紅頂子的朝帽給李中堂送回來了，並且還替慈禧傳旨溫慰。據李的公子伯行說，送還紗帽，又得天語眷顧，李蓮英輕而易舉就揣著兩千兩銀封回宮繳差啦。

慈禧對李蓮英寵信日堅，而小李子也就囂張日甚。光緒十六年光緒正好二十一歲舉行大婚，表面上是太后撤簾歸政，其實一切軍國大計，光緒依舊是秉命而行，大權暗中仍然操在慈禧手裡。當光緒二十年甲午慈禧六十萬壽，光緒率同文武官員，先期演習慶賀儀注，原定巳時舉行，屆時文武百官黼黻絺綃、花衣頂戴的齊集仁壽宮，等候督總管李蓮英駕到而行開始演習，左等右等直到午後申時，李大總管才姍姍而來，王公大臣一個個饑腸轆轆，足足等了三個時辰。李不但了無愧色，而且毫無歉意，光緒恪於群臣滿懷激憤，於是傳旨把李蓮英廷杖四十，事後李蓮英記恨在心加鹽添醋訴之太后，才促成改立大阿哥、珍妃沉井種種禍根。新城王樹楠《德宗遺事》上說，庚子之亂，珍妃被崔玉貴推入景祺閣前水井之後，太后、德宗逃難西安，途經保定。在西關外有一座普濟寺，相傳觀音籤頗著靈異，於是李蓮英乘人不注意，虔誠的求了一支，靈籤上說：「勸君行善莫行凶，萬頃心田常自摩，欺善怕惡傷陰騭，天理昭然禍自多。」禍亂當前，也增加了李蓮英不少警惕。保定的地方官員倉皇接駕，除了給太后準備了寢所，其餘僅給李總管收拾了一個下處，有被有褥。而對光緒卻未認真收拾臥具，夜寒甚重，光緒蜷臥一鋪冰涼的土炕上，久久不能成寢，恰巧李蓮英起身小解，見到光緒這種狼狽情形，忽然想起在西關所求靈籤，雖然珍妃落井是崔玉貴動手，可是宮裡誰都知道珍主兒跟李總管積怨已深，珍妃沉井明眼人都明白是李總管的傑作，李蓮英在荒亂中覺得太后春秋已高，萬一有個三長兩短，光緒親政大權在握，還能饒得了他嗎？於是心思一轉，立刻進屋跪在光緒面前說：「讓皇上這樣吃苦，都是奴才疏忽，伺候不周，只是現已夜深，無法籌辦了，請皇上遷就委屈，暫用奴才的鋪蓋吧！」結果他把床鋪讓給光緒，自己直在牆角蹲到天亮，爾後光緒時常提起這件事呢！慈禧駕崩，隆裕垂簾，李蓮英能夠平安出宮隱息田園，其中是不無道理的。

李蓮英軀幹修偉，因為操刀自宮非常徹底，雖有良藥挽回一條生命，可是臉色蒼白，剛過中年已經皺紋滿臉形同老嫗，尤其喉音尖銳異常刺耳，有些不了解內廷情形的人愣說李蓮英與慈禧有私，李的住所靠近慈禧寢宮。殊不知清宮定制，王子年過十二歲就要分宮而居，各宮宮門之內都歸嬤嬤宮娥上夜，內監人等只能在宮外聽候差遣，等閒難越雷池一步，李蓮英下處在北四所，距離慈禧寢宮步行至少需半小時方能到達。那種匪夷所思傳聞，純出揣測，實在未容深信。

辦完慈禧喪事，李蓮英靠山已倒，急風轉舵就告退離宮，他在北平東皇城根接近帝闕置了一所宅院，雖比不上小德張在永康胡同私宅珠簾玉戶、庌廡四達，可也穿廊圓拱、雕樑粉壁，足娛晚年。並且過繼兩個侄兒，作為嗣子。東華門著名的飯館東興樓，他佔了三分之二的股權。宣統大婚在出宮之前，為了縮減開支，裁撤御膳房，改由東興樓包飯，李蓮英感念故主舊恩，所包伙食僅算成本，他有時還到東興樓查看有無偷工減料情形，優遊林下堪娛晚年。到了民國十五年春天忽然得了急性肺炎，終以送醫太遲不治，死後葬在得勝門外自置塋地裡。他這一死，兩個敗家精的嗣子，一個賽一個的狂嫖爛賭，將他一生聚斂而來的財產，變賣得一乾二淨。到了民國二十年左右，在得勝門曉市時或發現珍貴皮氅外褂、碧縷牙筒、翠幃圍肩，大半出自天家珍異，一般古董家都認定是李蓮英生前恩賞御賜，紛出高價搜求。他的兩位嗣子在抗戰期間貧病交迫，先後倒斃街頭，一代權監的聲威也就從此煙消霧散了。

海甸之憶

前些天在一位同學家，跟幾位中學同學不期而遇，有的睽違四十年未通消息，居然在垂老之年相逢寶島，少不得要把酒傾談，相互話舊了。居停張魁一是故都京西海甸裕豐酒店的少東，他在臺灣一光復，就渡海來臺，因為臺灣酒類專賣，只好改行經營皮革。那時中興、華號兩隻海輪，定期往來滬、臺，所以陸續帶來上百打自製佳釀蓮花白，起初還不甚愛惜，等喝剩下五打「蓮花白」了，才發覺蓮花白在臺灣有錢也沒處買，才珍惜起來，現在老友重逢，海甸又是童年共遊之地，大家又能在一塊喝到海甸名產蓮花白，那比吃山珍海味還覺得珍貴。既然喝的是海甸蓮花白，話題自然而然就聊到海甸了。

北平城裡雖然有中山公園、太廟、三海、故宮博物院可玩，但是那些宮殿苑囿、玉清金闕，看多了反而覺得沒有修竹夾池，長楊映沼，滿川野意來得賞心悅目，所以到了春光駘蕩，或是秋高氣爽時候，北平郊外唯一大鎮海甸，就成了我們跳浪酣歌的好去處了。

海甸因為湖泊縱橫，又叫海淀，雖然是個小地方，凡是老北平可是沒有誰不知道的。從北平一出西直門，全是其平如砥瀝青馬路，兩旁鑲著青石板的車道是專供笨重車輛行走的，路旁桃柳蒼松，綠雲相連，有一種說不出來的綠野香波。從北平到海甸街是十六里整，所以我們到海甸郊遊，不是踏自行車就是騎小驢，有時大家一起鬨，從西直門坐趟子車，一人花十幾大枚，說說笑笑，不一會就到海甸了。

海甸是三千住戶的大市鎮，在清朝康乾鼎盛時代，因鄰近圓明園、暢春園，名園勝地，王公貝子、名公巨卿因為入園方便，相率覓地築園，引泉鑿池，自營菟裘。等到慈禧當政，擴建頤和園為避暑夏宮，每年夏天必定要入園歇夏逭暑，海甸於是成了御駕打尖的中腰站。而去西山、香山玉泉、翠微遊山逛景遊客又都是必經之路，所以海甸不但是半都市化的鄉鎮，而皇家氣氛還很濃郁呢！民國肇建，海甸市面冷清了沒多久，燕京大學又開始在海甸建校。集薈工商學五行八作在一個鄉鎮上，益以本地人宗教信仰複雜，廟宇裡梵音禪唱，福音堂救世軍的傳道誦詩，禮拜寺的唪經禮拜，越發增加了地方上的繁榮，凡是都市有的商店行號此地是靡不悉備，就拿郵政來說吧，本來鎮上設個郵政代辦所就足夠啦，後來擴充到三所分局，還感覺人手欠缺忙不過來呢！

一進海甸正街，首先看見兩座大水塘，因為玉泉交流虬繞蜿蜒，清泉石湧湖水凝碧，這樣柔美的景觀，立刻令人心曠神怡、耳目一新。海甸特產有一種紅香稻，冷泉漱玉、土壤肥沃，煮出稀飯來淺粉柔糯，微得甘香，可惜產量不多，清代列為貢品，一律選進內廷享用，到了民國十年左右大家才能嘗到海甸特產的紅香稻，價錢比一般稻米可就貴多了。海甸盛產蓮藕，所以燒鍋裡有一種特製的白乾叫蓮花白，怎樣釀製誰也不得而知，可是甘冽浥潤，入喉不燥，進口有一種甜絲絲的清香，因為產量不多，所以不像貴州茅台、瀘州大麯那麼遍銷全國，馳名中外，可是喜歡喝兩盅的朋友只要經過海甸，總要帶兩瓶蓮花白回去細細品嘗的。有兩家醬園子「萬順」、「天成」醬菜也是城裡人特別歡迎的，他們做的醬菜鹹中帶甜，甜而且鮮，到了清明前後，小紅蘿蔔一上市，用小紅蘿蔔蘸黃麵醬下酒，海涼脆爽，可算一絕。

海甸正街路南，有一家二葷鋪叫裕盛軒，門口兩根沖天抱柱丹漆的牌樓，簷牙高啄，就連北平城裡最大的二葷鋪，也比不上它的雄壯崇隆。庭寬院敞，比一般飯莊子還要堂皇氣派。當年太后老佛爺玉輦清遊，駕幸頤和園，總要在裕盛軒打尖用膳，全部扈從的車輿鹵簿都可以安置在大敞院內。裕盛軒紅白案子都有幾把好手，他家所烙一窩絲清油餅脆而不焦，潤而不油，比城裡幾家大山東館都高明。燕大校長吳雷川先生主持校務時期，頗憚遠行，尤其怕進城宴客，遇上好友惠然遠來，時或約在裕盛軒小吃，總少不了來幾張清油餅。他老人家雖然是杭州人，可是在北平住久了，也頗精於飲食，認為裕盛軒的清油餅比致美齋、泰豐樓烙的都要地道，當非虛譽。

筆者祖塋在京西六里屯，當年每逢清明上墳祭掃，總是在裕盛軒打尖，我覺得他家做的「過油肉」、「糟燴鴨條」都非常出色。燴鴨條的鴨子是他們自己餵的，整天在玉泉支流裡飲名泉、吃活食，自然比人工填的鴨子肉嫩而滑潤啦，加上用的是釀蓮花白的頭糟，城裡頭的飯館如何能望其項背呢！

海甸西上坡有一座王家花園是步軍統領王懷慶的別墅，穹石曲塢，塵氛不擾，傳說是明朝李皇親的畹園，跟當時米仲詔的勺園，是海甸兩大名園，園的正廳叫挹海堂，西北角岩嶢聳直，上面有一座叫松寮的小樓，還有明肅太后御筆「清雅」兩字橫額，登樓遠望，萬壽山的傾宮瓊室、穿廊圓拱盡入眼底。《帝京景物略》說：

「園中水程數里，嶼石百座，喬木千計，竹萬計，花億萬計。」想見當年是如何的天池深廣，雄奇秀麗了。不過歷經數百年滄桑變幻，舊時亭榭尚依稀可尋。所以有些風雅之士行經海甸，總要到王家花園憑弔一番。

北上坡有一座八旗會館，是當年扈從大臣們燕息之地，廊腰縵迴，清麗靜穆，園裡有魚池，幽泉漱玉，臨流倒影，可以垂釣。碰巧遇有大的鰱鯉上鉤，比市售魚類肥而鮮嫩。會館屬於旗產，由一位前清小武職官德爺看管，一般人是不能隨便入園觀覽的，德爺雖然是個哨官，可是人很風雅樂天，不但撚得一手好笛子，而且南北曲都極高明。清華大學校長周寄梅、壽康賢喬梓，就不時來做德爺的座上客度曲聽歌。德爺喜歡吃月盛齋的燒羊肉，我們有時帶點燒羊肉去給德爺來下酒，所以我們也算是頗受德爺歡迎的客人呢！

藍靛廠在前清是火器營所在地，藍靛廠的住戶，十之八九都與火器營的營兵有關，據說藍靛廠是清軍入關後最早屯營地區，後來才有所謂駐防制度。藍靛廠的旗兵，聚族而居自成部落，所以言談、動作、服飾、起居，跟住在城裡的旗籍人士，細心體察，都有點不同。真正老北平一聽說話，就能聽出是藍靛廠在旗的。民國初年一排一排的營房鱗次櫛比，靶場的垛子也還舊壘殘堞遺跡猶存，到了民國十幾年，所有營房都坍塌倒壞漸漸改成簡陋的民房啦。

可是北平養鴿子人家，想要尋摸幾隻清罄搖空的鴿子哨，那必須遠征藍靛廠，求教於鴿子哨趙家呢！鴿子哨趙家的鴿子哨趙爺，早年也是火器營出身，因為自己喜歡養鴿子，於是細心琢磨做出些與眾不同的鴿子哨。一般鴿子哨都是利用硬而且薄有彈性的紙片捲成圓紙筒兒，兩邊再各托上一紙片，中間留一小洞，洞的大小深淺可就分出手藝高低了，把哨子拴在鴿子的尾巴根上繫緊，迎風激盪，自然發出嘹亮飛空的音響了。鴿子哨趙爺因為肯下工夫研究，又不惜工本，所以他做的比市面上的就精巧工細多啦，響起來更是抑揚清壯、轉折分明，所用材料，最初是鬥索胡用的紙牌，紙牌由寧波出品，上有一層油蠟，做出哨子來能打遠，缺點是紙牌稍寬，做出哨子來體積較大，非挑選身強力壯的鴿子來拴才飛得起來，清宮造辦處做的紙牌，紙質磁實平滑，不容易毛邊，韌而且輕。當年同仁堂樂家有位少東，也是養鴿子名家，曾經派鴿子把式專程到藍靛廠請趙爺給做了兩隻七彩的哨子，送錢人家不收，最後鴿子哨老趙算是讓樂家送了若干斤小米，到了三九天每天早晨在門口捨粥濟貧，憑了自己這份手藝周濟了不少苦哈哈，所以凡是到過藍靛廠的人，都知道趙爺是怎樣一號人物。現在臺灣也講究養鴿子，據說有所謂賽鴿協會，列籍會員就兩萬多人，每年舉行過五關大賽，賭資之高簡直駭人聽聞，今與昔比，逸興俗雅那就不可同日而語了。

燕京大學在海甸建的新校，飛甍雕翠，重簷四垂，明堂辟雍，無不璇階玉宇，大詩人王國維形容燕大夜景是玉柱凌煙，靈臺照月，不但寫實而且貼切，燕大的學生們手頭比較闊綽而且歐化。甚至於貝公樓、姊妹樓的校役，都能哼上幾段洋歌呢！因此連帶海甸市面也帶點洋味兒起來，尤其到了隆冬十月未名湖結冰，溜冰場一開幕，冰鏡清輝，瑩澈似玉，男女交錯，共舞同溜，矯若驚龍，飄若醉蝶，人新衣香，交織成趣。比起城裡公園北海幾處溜冰場的眾聲喧鬧，品流龐雜，要高明多啦。

來到臺灣幾十年，只要是到海甸玩過的朋友，大家一提到海甸，都有一種離緒縈懷的心曲，閉目冥想，那種荷葉田田、花浪翻風的野趣，只好在寤寐中得之了。

老古董

北洋時代上早衙門

今年農曆閏年，碰巧趕上閏六月，既無颱風，又少時雨，亢旱燥熱，炎炎夏日，烤得人無奈心煩。又值能源枯竭，全世界普遍都鬧油荒，政府為了節約能源，各機關學校室內溫度不到攝氏二十八度一律不得使用冷氣，有些財團富足的機關，崇臺高聳，層樓隱天，在設計蓋樓之初，就是窗牖冏冏，旨在隔音，不能啟閉，今年暑季來臨，在不能開放冷氣之下，一個個皺眉蹙額、呼天怨地起來，於是有人想起當年北洋政府公務員上早衙門的滋味來了。

現在在臺灣知道「上早衙門」這個名詞的人，恐怕已經不多，至於上過早衙門的人，可能更微乎其微了。故都夏季入伏，雖然比不上京滬漢渝的溽暑鬱悶，可是中午時分烈日的煎逼，照樣沒處藏沒處躲呢！所以北洋時期六、七、八三個月大小衙門作息一致一律改為早衙門了，早衙門是早晨七點到中午一點，每天工作雖然六小時，時間一緊湊，工作速度也跟著加強，當時尚不時興什麼公文稽催、考核追蹤，可是也沒聽說哪位僉事主事老爺們，把案件一壓幾十天，變成貽誤要公遭受處分。至於一般民眾呢，因為各機關每年夏天都改為早衙門，習以為常，也免得在夏日炎炎東跑西顛的趕忙，公私兩便，倒也沒聽見有什麼不便民的閒話。

北洋時期政府各部會，財政部總綰度支，關稅鹽稅特稅都隸財政部管轄，交通部是電訊水路交通主管，所以政府雖然窮到薪水一欠幾個月，逢年按節才能按幾折發薪救濟災官，可是財交兩部究屬有入息的闊衙門，財政部的張岱杉（弧），交通部的葉譽虎（公綽），都是寬和恤下的長官，所以財交兩部一改早衙門，到了十一點半就由大廚房開點心分送各科室給大家享用了，包子饅頭烙餅麵條每天花樣翻新，綠豆粥、小米稀飯不夠儘添。美其名叫點點饑，其實論質論量都可以當頓午餐，公事多的人，吃完繼續辦公，閒散之士剔剔牙、喝碗茶，也就該散值啦。張岱杉先生認為暑季夜裡溽熱，拂曉趨公，多半早餐未備，十一點多鐘給每位同仁供應一份豐富的點心，不但振疲醒睡，而且可以止餓療饑，對於工作效率有莫大助益。葉譽虎先生則認為一個人每天早上九點到十一點是精神最旺盛的時候，十一點多鐘再增加一些熱力，效率仍可延長，飽腹從公只要能專心一志心無旁騖去工作，早衙門時間緊湊，如果調配得當，工作績效反而更能提高呢！證諸當年財交兩部辦公情形，確實不無道理呢！早衙門一散，正是烈日當空，誰都不願意頂著火毒的太陽回家，好在大家肚子都有底兒了，住在北城的多半到什剎海荷花市場去品茗，東西城的就奔北海去納涼了，住在南城的喜歡到中央公園的水榭或是來今雨軒找補一個午覺，權當一回羲皇上人，各適其性，各得其所，雖然大家都是一群災官（最窮的機關有欠薪達二十幾月，每月七折八扣只能領少許生活費），可是當年物價低廉，每月所費有限，也都能自甘淡泊，其樂陶陶。

民國二十二年冀察政委時代，夏季一改早衙門，同事金受申兄的內弟在什剎海搭了一個席棚子賣茶，取名藕香居，他選地極佳，席棚搭在柳蔭蔽天，荷葉田田，濠渚中央，臨流四顧，野香浥浥，境絕塵囂。

七八位同仁大家一起鬨，於是議定每天由一位做主人請大家吃下午茶，費用不超過兩元，每天小吃不准同樣，誰要重了樣兒，罰他再請一次。當然乾隆南巡內府秘傳的蘇造肉、董二禿子的豆汁辣鹹菜、紀師父的水爆散膽肚仁兒、劉三拐的馬油罐腸，屬於什剎海四寶，是必嘗之例外，藕香居的冰碗、鮮蓮子、鮮核桃、鮮榛瓤、鮮杏仁，切一盤蜜汁雪藕，來上兩壺竹葉青（黃酒類，不是臺灣白酒類的竹葉青），三五知己喝一回果子酒，倒也卻暑醒脾，喜歡喝兩盅的朋友都特別歡迎。

藕香居的主人是世代在海甸種蓮藕、芡實的，他們每天把屬於二蒼子（芡實之不老不嫩者）的芡實，總要剝好了十斤八斤，用鮮牛奶加糖煮來供應一般常來的主顧，引漿啜露，凝玉初溶，古人所謂玉糝羹金齏膾不過如此吧。什剎海有一個推車子賣杏仁豆腐的，他做的杏仁豆腐，純粹用一種大扁杏仁去皮加開水榨汁漉漿，加綿白糖、大米漿凝結的（不像臺灣杏仁豆腐，是用杏仁精、杏仁露，加洋菜做的）。據說必須用開水榨汁杏仁才能出味，米漿水和米的比例也是有一定的，太稠就變成了玻璃粉，太稀又不容易凝結起來，所以做的杏仁豆腐除了不惜工本，還要水分配合得當，才能冷香繞舌，甘滑柔嫩。因為杏仁豆腐要今天做明天賣，每天準備數量有限，藕香居的茶客進茶棚一入座，就先關照茶房給訂幾碗留著，否則臨時想吃，十有八九是明日請早，杏仁豆腐吃不到嘴，先讓您嘗嘗閉門羹啦。

靠近會仙堂飯莊，有一所三合房，房主是東安市場東亞樓一位退休掌灶的老謝，有一年荷花市場一開張，他忽然心血來潮，技癢難耐，他的親眷給他出主意，做點小吃到各家茶棚裡賣，他一想，這個辦法不錯，既可消遣，又能找點零花，於是每天準備一菜、一粥、一點，用提盒拿到棚裡賣。粥是叉燒、淡菜皮蛋瘦肉粥。

這是羊城最普通的一種粥點，廣東人如果認為自己體內火氣太盛，就煲點這種粥來喝，說是可以止煩降火，這種粥要煲得米粒溶化，幾近成糜，粥料才能入味。粥忞啜味勝椒漿，同事譚禹生對粵菜粥點，不但研究得頗有心得，而且能親自調羹，他認為老謝做的粥，比廣東荔枝灣艇仔粥，有過之而無不及，在啜粥之後，在籐椅偃息逭暑，有南面王不易的樂趣。

什剎海經玉泉沆漑，淺水芙渠所產蓮藕固然是鮮嫩脆爽，尤其是荷錢翠蓋，浮泛清流，蘊香啜露，別具芳蕤。他把亭亭綠葉，趁朝暾未升採了下來用雲茯苓代替米粉來蒸荷葉茯苓雞，腴而不膩，香遠益清，的確是暑天佐餐的雋品，受申兄每每在飲啜之餘，帶幾包回家，外面再用鮮葉包起來，在晚間屬文時候，打開荷葉包當冷盆下酒，有助文思復飽饞吻。新聞界的陳慎言、景孤血也都讚揚廣東做法的荷葉蒸雞，比北平莊館粗枝大葉的做法，實在技高味永，令人多吃不厭呢！

什剎海因為裝燈接線不便，所以不帶燈晚，夕陽西沉，暑氣漸消，天近擦黑，大家紛紛賦歸，衣袂生涼，荷香滿袖，彼此同是災官，薪餉打釐，可是豪情逸興比現在未遑多讓呢！

北平天橋八大怪

在北平談到吃喝玩樂，一天打算花個萬兒八千，也有地方讓您去花，您兜兒裡只有塊兒八毛，也能讓您樂和個夠，這就是北平有異於寧滬津漢的地方。普羅階級的朋友，最愛去的地方是天橋，到天橋連吃帶玩，在抗戰之前，花上一塊大洋，也就富富有餘啦！

逛天橋除了看沈三摔跤、寶三耍中幡之外，就連詩人墨客學者名流偶或涉足天橋，也要光顧一下八大怪的場子聽兩段玩藝！當年財商專校校長寶廣林、鐵路大學教務長陳蘭生都是天橋常客，沒事就往天橋遛達，寶廣林學雲裡飛賣馬的秦瓊，病歪歪幾步走，可算絕活；陳蘭生用小嗓學窮不怕，唱十朵鮮花支頤作態，簡直唯妙唯肖。前兩天幾位老北平湊在一塊兒，談起了天橋八怪究竟是哪幾位英雄，大家莫衷一是，根據筆者所知是這樣的：

大金牙　天橋八怪有幾位從不吐露真名實姓的，他們認為拉場子賣藝餬口，已經有辱宗族，實在不願意再稱名道姓，因為他嘴裡鑲有金牙，所以自己取名大金牙，其實他姓焦，跟說相聲的焦德海五百年前是一家，大金牙整天拿焦德海開玩笑，焦的嘴皮子也是不饒人的，有一次在說相聲場子上，無心中把大金牙的姓給抖露出來了，大金牙確實姓焦，乳名二禿子，至於學名叫什麼，焦德海就不肯說啦。大金牙的拉洋片，邊說邊唱，不但音調鏗鏘，姿勢詼諧滑稽，形容義和團大師兄們愚騃無知，紅燈照得狠毒恣肆，恍如身臨其境，加上他有十多張現場大照片，從放大的西洋鏡裡看，比後來各種書上翻版照片，要清晰逼真多了。後來北京大學有位教近代史的朱教授借去複印一套，代價是二百銀元，大金牙每逢談到這件事，就眉飛色舞，引以自豪呢！

雲裡飛　本名栗慶茂，梨園行地道科班出身，跟名鬚生高慶奎同是慶字排行師兄弟，不但文武不擋，而且六場通透，因為人過分聰明，難免有點孤高自賞不忮於眾啦。他粉墨登場，只要同場的師兄弟在臺上有點差錯，他不但不給人家兜著，而且當場開攪，所以人緣越混越差，久而久之沒有人敢惹，他就流落在天橋撂地賣藝了。他雖然沒有成套戲衣，可是他能廢物利用，香煙盒當紗帽用，彩色紙糊護背旗，居然唱得有聲有色，學汪學劉能把他們的優點缺點誇大其詞的一形容，真令人百聽不厭，有人打幾次轉（要幾次錢）都坐著不走，一直聽到收攤散場的。到了華燈初上，他帶著一個徒弟拿著一把破胡琴外帶漁鼓簡板，在百順胡同韓家潭一帶清吟小班裡串串，遇上走馬章臺的闊客，他有時候學孫菊仙唱段《硃砂痣》，有時候學汪桂芬唱一段《讓成都》，老腔老調，令人興起無限思古之幽情。偶或唱一段《道情》，抑塞磊落，淳風疾惡，頗能警惕人心。抗戰勝利，筆者還在觀音寺道邊，看他黝顏駝背，踽踽獨行，大概已經告老收山。

田忙子　名叫德祿，是綠營旗兵，他的十番在當年可算一絕。所謂十番是笛、管、弦、簫、雲鑼、湯鑼、提琴、木魚、檀板、大鼓一共十樣，所以叫十番，原本是多人吹奏彈拉的樂器，田忙子匠心獨運，自己做了一個十番架子，吹打彈拉，一人包辦，不但簫管並奏，而且鑼鼓齊鳴，忙得他口鼻並用手腳不停，他忙得滿頭大汗，看的人也是矍視易容，人家田忙子儘管忙，可是吹唱鏗鏘，音律不亂，他的田忙子外號，就是這樣得來的。當年北平哈爾飛戲院，改成雜耍園子，後臺管事是唱「蓮花落」的常旭久，認為他的玩藝如果就此湮沒，未免可惜，而且若干聽雜耍的座上客，不一定都逛過天橋，田忙子這檔子十番準能叫座兒。於是找忙子談談，忙子說他伺候慣了一般販夫走卒，出言不夠雅馴，難登大雅之堂，始終不肯到雜耍園子登臺獻藝，所以直到現在提起田忙子的十番，還有好些老北平還只聞其名，而未見其人呢！

大兵黃　「使酒罵座」四個字形容大兵黃是最得當了，大兵黃每天過午才拉開場子賣藝，小螃蟹不經醉，四兩燒刀子一下肚，立刻臉紅脖子粗，說起話來，好像舌頭短了半截。他姓張，自稱老毅軍，跟姜桂題效過力，當過隨從。身穿米黃漳絨短袖大馬褂，足登一雙皮快靴，肩膀上扛著國旗，還挽著高陽土布做的馬梢子，活脫是舊式營混子在天橋召募散兵游勇的勢派，他自稱身上穿的漳絨馬褂是打白狼老將軍江朝宗賞的，皮快靴是護衛姜大帥突圍有功，脫困後當場脫下來給他酬庸的，甚至於嘴上叼的旱煙袋也是大有來歷，出自長官所賜的。他最愛講直皖大戰，繪影繪聲，恍如親臨戰陣，有時講溜了嘴，月旦時賢，詆毀時事，口沫橫飛，葷素齊來，該管警察就不得不出面制止取締啦。他倒好，絕不反駁，一聲不響，扛起大旗轉移陣地，走不了三五步，炮聲隆隆，他又再續前言，照講不誤了，甚至於取締他的警察也擠在人群裡聽得津津有味呢！

萬人迷　姓周，最初在天橋說單口相聲，天橋雖然魚龍混雜品流不一，可是萬人迷的相聲冷雋含蓄，不像雲裡飛滿口帶髒字，時常作揖請安讓堂客聽眾迴避，他好暢所欲言隨便胡柴。萬人迷長了一副上人見喜的面貌，而且聲音嘹亮，所以他師父給他取了個萬人迷的藝名，據說他天性伉爽任俠，時常把鬻藝所得賙濟貧困。雖然他為善不欲人知，可是日久天長受惠者，都是附近一帶饑寒住戶，周善人這個外號就被傳揚開了。他的相聲因為詞句雅馴，後來跟張麻子搭檔一捧一逗，精彩百出。石頭胡同四海昇平成立雜耍場，張麻子、萬人迷的相聲列為中軸，比起後進的高德明、褚德貴在電台說的相聲還要受人歡迎，天橋的八怪能從撂地，升到雜耍園子裡獻藝的，萬人迷可算是獨一份兒啦。

花狗熊　天橋八怪，只有他從來不露姓甚名誰，有人說他在清宮當過差，刑部管過案卷，最後淪落到擺地賣藝，愧對宗族，所以隱姓埋名，因為他身材偉岸，愛穿大花坎肩，才自稱花狗熊。他雖然有時也單椿說相聲，其實他以說《劉公案》最拿手，他藉著劉墉審案能把清朝吏制以及官員們升遷降黜，說得委婉周詳，入情入理，有時談點宮闈秘辛，也都是向所未聞的掌故。當年苦茶庵主最喜歡聽花狗熊的評書，打算研究清史，最好多聽花狗熊說《劉公案》，他能給您提出若干疑難題目來，庵主有若干有關史實文章，就是從花狗熊說的《劉公案》裡發掘推演出來的。

管兒張 他在前清昇平署學過聲樂，受過嚴格訓練，所以差不多的樂器，他都拿得起來，他研究出一種用竹管製的小管樂，吞吐力極強，他可以用鼻孔吹奏，模仿百鳥爭鳴、百獸發威，真如置身幽岫孤崖、群籟競奏情景。他學說各地方言，也是一絕，說蘇白、江北腔、山東山西土話不算稀奇，還能說一口很道地的福州、廣州話，從未離開京城一步的土包子，能夠說這麼多的方言，而且大致都不離譜兒，實在是太難能可貴了。他後來收了兩個好徒弟，帶著徒弟漫遊大江南北在漢口落戶養老啦。

窮不怕 有人說他是黃帶子（滿清皇族），可是他自己堅決否認，同時對自己姓名諱莫如深，自稱窮不怕，所以大家也叫他窮不怕。他有時鮮衣華履恍為貴介公子，可能第二天又變成鶉衣百結的乞丐了，有人問他緣故，他總說是欠人酒錢，衣履都入了長生庫啦。他在天橋賣藝，一拉開場子，先在土地上畫一個大方格，把當天要說的子目，一條一條寫出來，想不到居然筆勢雄健，詞句簡峭，一看就知道他腹笥很寬，是個念過書的人。有時根據小報上的社會新聞開講，分析得入情入理，將今比古，乍聽之下覺得擬於不倫，可是經他一解說，沒有不讚歎他眼光犀利，真有點鬼門道的。當年北平《小實報》記者王柱宇未發跡時給《小實報》寫方塊，時

北平天橋八大怪

常把窮不怕的話當金科玉律寫在報上，不逛天橋的人，看了王柱宇轉述窮不怕的，還不相信，特地到天橋看看窮不怕是甚等人物的，最後也變成窮不怕的聽眾啦！後來窮不怕突然在天橋失蹤，有人說他被天津青縣一位趙姓土財主看中，被接走陪他老太爺醒睡解悶享清福去了。所以後來有人數天橋八怪，數來數去只有七怪，那就是把窮不怕給漏啦！

離不開醒木、扇子、手帕的評書

——為戲劇季而寫

老古董

先祖母當年很喜歡聽評書，夏日午窗夢迴，晚餐茶煙歇後，聽上兩段逗哏有趣的評書，倒是醒睡解悶最好的消遣，因此舍間請了一位會說評書的盲人叫張月亭，每天下午到晚飯後說上幾段評書。當時尚未發明收音機，更談不上電視機，聽兩段評書，能夠消痰化氣，的確不錯。筆者幼年每天放了晚學，總要到祖母跟前聽張月亭說兩段評書，什麼《八魔煉濟顛》呀，《白玉堂喪命沖霄樓》呀，說得劍戟森森，博雅清麗，都是他最拿手的書段。

北平真正說評書的，沒有盲人，張月亭是因病而盲的，說評書的全是自幼投師學藝，可不是三年零一節算滿師，難在要等師父看你成氣候傳了三寶，才能單挑出外拉場子賣藝呢。說評書的，別人稱他們先生，本行則稱「使小傢伙」的，至於「使大傢伙」的就是彈三弦拉四胡唱大鼓的啦。他們所謂小傢伙一共三樣，也就是師父傳的三寶：「醒木」、「摺扇」、「手帕」。

醒木是開書收書打中腰（分段打錢）用的，醒木最忌別人在桌上亂拍，所以說評書的醒木，平素總是揣在懷裡的。醒木聲音講究響而脆，所以醒木多半是用花梨、紫檀、酸枝、紅木一類名貴木料做的，說了一輩子《七俠五義》的王傑魁，外號叫「淨街王」的，他有幾塊好醒木，一塊是木變石的，不管怎麼摔砸，雖然是塊石頭，可是摔不裂砸不碎，夏天拿在手上，永遠是澈骨涼的。一塊柴木摳的是八仙人兒，微細精巧，不但眉目如畫，就是衣紋背景也都琦瑋逸宕，令人看個不忍釋手，是當年內務府大臣奎俊（樂峰）賞給他的。他們同門師兄弟有個專門說《五女七貞》叫袁傑英的，他說那部書逗樂子的地方固然很多，加上他人又長得哏頭哏腦，他的那塊醒木又是黃楊木的，一振醒木開書，劈啦拍啦一響，人沒張嘴，大家已經來個敞笑啦。摺扇是拿它當刀槍架、上朝牙笏，或是隨身攜帶的小零件，一般在書館兒裡說評書的扇骨，不是光面水磨竹的，就是黑紅兩色建漆的，至於皮雕麻雕湘妃竹一類嬌嫩扇骨怕一拍一打折骨脫軸，影響臨場氣氛的，所以行規一律不准使用，只有郊外野茶館，所謂說野台子評書，沒有師承說書先生，沒有任何規矩，憑個人好習，真有用二尺半水磨竹油布面上繪梁山一百單八將大扇子的。據說當年評書泰斗雙厚坪也有一把三尺長集錦大摺扇，一面寫的是正草隸篆，另一面畫的是水墨丹青，不過人家只是放在桌上擺擺樣子，說書時另用一把摺扇，他那把大扇子是從城隍廟都城隍手裡勻過來的神扇，所以大得出奇（**筆者在蘇州一家古玩店看一把唐六如畫的工筆仕女賞月圖，就是一把神扇，是真是假就不得而知了**）。徒弟滿師的時候，照規矩師父先把醒木、摺扇、手帕三樣東西放在金漆茶盤裡，徒弟跪在師父跟前聆訓之後，磕頭領受，儀式莊嚴隆重，等於出家人領了衣缽戒牒，從此就可以外出拉場子賣藝啦。

說評書分為大書小書兩種，大書說《列國》、《三國》、《東漢》、《西漢》、《岳傳》、《明英烈》等類的歷史書，小書有《水滸》、《聊齋》、《濟公傳》、《彭公案》、《施公案》、《三俠劍》、《善惡圖》、《綠牡丹》、《天雨花》、《五女七貞》、《永慶昇平》、《七俠五義》、《雍正劍俠圖》等類演義說部。大書要說「盔甲讚」、「袍帶讚」，要把文臣武將打扮穿戴、兵刃坐騎交代得清清楚楚，而且必須實大聲洪一氣呵成。抗戰之前連闊如說《東漢》形容萬馬奔騰真是聲震屋瓦，有如萬流歸壑一般。王傑魁在電台上說《七俠五義》慢條斯理，不慌不忙氣格連綿，聽得入神，能讓您不知不覺撂下手裡活兒來靜聽，所以才贏得淨街王的雅號。

趙英坡是專說《聊齋》的，講究安排細膩輕豔側麗，能把鬼狐故事說得活靈活現，讓人聽得毛骨悚然，他在書館總愛說燈晚兒，電台上更是晚上電台收播前，最後一檔子才說，因此他善於製造駭人氣氛，聽完書讓人有毛毛古古的感覺。

說評書的地點清茶館兒是他們的根據地。開茶館的跟說評書的先生，不是磕過頭的把兄弟也是交情相當深厚的，東四西單鼓樓前以及天橋的西市場和平市場，凡是有清茶館兒地方，差不多都要請一檔子評書來拴住茶座，每天差不離都是下午三點多鐘開書，晚飯之前散場，另外帶燈晚兒的，晚場都要十點來鐘才能散場呢。說評書的高手，真能讓人越聽越上癮，比電視連續劇還能吸引人。聽上癮後，每天風雨無阻，非聽幾段不可，要是今天沒聽書，好像有點事沒做完，連覺都睡不踏實。當年名淨金少山就是一位有名的評書迷，他到宣內一個茶館裡聽袁傑英說《五女七貞》，當天他在新新大戲院有戲是全本《連環套》，到了該上裝時候，金霸王還沒影子呢，把個新新大戲院的老闆萬子和急得直轉磨，催戲的一趟一趟往書館跑，金霸王聽到欲罷不能的節骨眼兒，就是不起身，來催戲的差一點兒沒給他下跪。園子裡沒辦法，只好給墊了一齣《瞎子逛燈》，朱斌仙、高富全一瞎一瘸每人唱了二十多句原板，才把金老闆催上臺來，頭場竇爾墩連臉都沒勾全，只是打好底子沒加藍勾邊，到二場再上，才算把臉譜勾齊，您說聽評書夠迷人吧！

筆者聽評書雖然夠不上是個書迷，可是有一陣子也上過癮，因為工作太忙，才慢慢的淡忘了。後來有個時期到蘇北的泰縣去工作，每天上午忙完，下午就沒事了，午夢乍醒，偶然信步閒逛，看見有一茶館門前窗外擠滿了人，都在聽書，正有一位說書先生叫朱浩如的在說《後水滸》，起初以為蘇北說書的，一定沒有上北平評書說得精彩，抱著姑且試聽一番的性質進去坐了下來。場子上的布置南北大致相同，只是給茶客沏茶不用茶壺，也不用蓋碗，而是帶蓋上下一樣粗的中號茶盅，另外就是北方早已絕跡論袋賣水煙的，這種煙袋嘴能長能短，伸縮自如，隔著幾張桌子都能給茶客遞過來吸用，冰涼挺硬的銅煙嘴兒在您嘴邊一蹭，真令人想起《兒女英雄傳》裡安龍媒嚇了一跳的情形了。說完一段書也是茶博士拿著簸籮收錢，行話叫打轉，賣水煙的也就跟著收水煙錢，大概比抽煙捲要省一半兒的錢。蘇北說書的，大家都尊稱他先生，彼此見面都非常客氣，熟臉色還要先打個招呼，開講之前先生一亮醒木，靜靜場子，然後念四句定場詩，頭一兩句聲音微細簡直聽不見，後兩句才大致聽清，據說這是說書的規矩，這樣才能讓聽書的凝神而聽。先生清茶漱口潤潤喉嚨，跟著大聲開講，有些天天去的老茶客必定強嬲先生說上一兩段笑話，然後書歸正傳，所說笑話有葷有素，可是葷不露骨，俗不傷雅，非常含蓄，都是一般人平素沒聽過的。朱浩如說書詞韻清曠，而且神滿氣足，從不懈怠，他形容一個人刻畫入微，讓您覺得如見其人，如聞其聲，記得他形容梁山好漢「沒面目焦挺」腦門子上生一塊肉瘤，平素軟軟下垂，把眼睛眉毛都遮蓋起來，可是一緊張興奮，百脈賁張，肉瘤一充血，立刻豎立起來，對於打鬥毫無妨礙，所以他叫沒面目的原由在此，這種發前人所未發，而且入情入理，的確高明。他說他十九歲就出師在大江南北各地說書，在這部書裡浸淫了三十多年，算是才把這部書吃透，可是臨場說出來，覺得還有缺欠。每年茶館封灶書場封書的頭一天，他一定另外奉送一段他最拿手的「梁山好漢重九登高大擺菊花山」，他把三十六天罡七十二地煞真實姓名外帶綽號一百單八將，一個不漏，一口氣說下來，當然最後打轉，聽書老客自然要多破費幾文，請先生吃頓舒服愉快的年夜飯嘍！

揚州聽評書的風氣最盛，說評書的好手如雲，每人都有出奇制勝的絕活。教場茶館多也是說評書的大本營，記得有位說《清風閘》俗名皮五癩子的，插科打諢，隨機應變，增添了若干異想天開的笑料，加上他嘴臉動作都蘊藏著幽默滑稽，我想如果請那位仁兄來到此間，給電視台的綜合節目來編橋劇，刻峭清麗的博辨，含蓄蘊藉的逗哏，那比現在的硬滑稽，豈不高明多多嗎？

王少堂說《水滸》。北方人也許不清楚，他是怎樣的人物，在大江南北那可是赫赫有名的，王少堂一生只說一部書《水滸》，跟北平王傑魁一樣吃了一輩子《包公》，是南北相互輝映的。王少堂說《水滸》逢到熾烈的廝殺打鬥，立刻從座位上站立起來，不但擺架式耍身段，嘴裡不單要人喊馬嘶，還要給雙方書中人通名報姓，手裡那把扇子一會兒當短刀，一會兒變長槍，砍殺刺搠，各有各的招式，向左一轉是英姿卓立的盧俊茂，向右一翻是巾幗鬚眉的扈三娘，有時候一個人要描摹幾個人的動作嘴臉，而且形容得唯妙唯肖。有時正當聽久了，怕人發煩還要穿插上點噱頭（行話叫虛子），引得大家哈哈一笑，給人提神醒脾，每場收書的扣子，為了生意眼還要引人入勝拴得緊緊的，讓聽眾欲罷不能，明天非來不可。南北說評書的放在一塊來衡量，王少堂「書壇泰斗」這個稱呼可算當之無愧了。

抗戰之前，在上海治事之所，大部分同仁都是揚鎮一帶朋友，談起王少堂「宋十回」如何塑造意境，穿插洗練曲折，「武十回」如何英勇豪邁伉爽任俠，「盧十回」如何滉漾恣肆奇彩繽紛，大家越說越來勁，恨不得立刻聽兩段《水滸》才過癮似的，恰巧有位同仁回揚省親，於是大家一起鬨，愣是把王少堂約到上海來了。當時大中華飯店裡有個東方書場，演唱蘇灘彈詞的，於是在書場裡加了一檔子王少堂的《水滸》。開書先說「武十回」說到了《武松醉鬧鴛鴦浦》，有位老兄聽到這種緊要關頭，偏偏奉派去南京公幹，公務在身，南京是非去不可，可是又捨不得不聽，在進退兩難之下，被王少堂知道了，王問他幾天回來，他說四天準回，王說你放心前去，我就等你四天。這四天，他在臺上東拉西扯，說的全是書外的虛子，說的雖然都是虛子，可是段段精彩，聽眾沒有一位感覺厭煩的，而且認為耳福不淺，等某君公畢返滬，到書場一露面，王少堂立刻調轉話風，書歸正傳接上原書，一點不露痕跡，王少堂說，如果再拖個兩天，仍舊能讓大家聽得津津有味，他這點道行，就是北平評書大王雙厚坪復生，恐怕也不一定辦得到呢。筆者幼年聽慣了王傑魁、趙英坡、連闊如說的北方評書，以為南方評書無論如何，總要略遜北方一籌，哪知聽了朱浩然、王少堂揚州話的南方評書，兩者一比較之後，講書段的結構，穿插的嚴謹，音容笑貌的蘊藉博雅，什麼身分說什麼樣的話，南方評書真有比北方評書高明的地方。後來仔細一研究，宋朝雖然就有了評話，可是到了明朝末年才加以發揚，說評書的鼻祖是海凌的柳敬亭，外號叫柳痲子，海凌就是現在的泰縣，評書的發源地是蘇北泰縣，而且代有傳人，現在去古未遠，說評書南勝於北是淵源有自的。

江南崑常蘇錫一帶，也講究說書。說評話的叫大書，唱彈詞的叫小書。說大書也不外《封神》、《西遊》、《三國》、《水滸》等等，小書多半離不開後花園私訂終身，落難公子中狀元的窠臼，屬於纏綿悱惻故事，如《西廂》、《三笑》、《珍珠塔》、《雙珠鳳》、《玉蜻蜓》之類，彈詞要藉助於三弦琵琶連說帶唱，還有女說書的，我們暫且不去談它。至於說大書所用的道具醒木、摺扇、手帕，無論南派北派說評書的，都是大同小異的，個中高手也講究架式身段繪影繪聲，每段書都想法掀起高潮，把書扣子拉緊，讓客人在散場時節第二天還要聽聽下回分解，有了這種拉住書客的本事，在書場裡才算紅牌先生呢！

在江南聽書，筆者最愛聽年底封箱前的會書，所謂會書，就是年尾前三五天的各書場都要按規矩請上幾場會書，這是書場老闆跟說書先生們對於終歲辛勞的茶博士籌上一筆壓歲錢，這跟北平梨園行，每年過年之前總要唱一次大義務戲，美其名曰窩窩頭會，讓前後臺龍套零碎苦哈哈兒們也聊以卒歲，過個肥年，其用意是完全相同的。參加說書的先生們，不但純盡義務不拿車錢，而且每人還特別賣勁，把掏心窩子的玩藝都要抖露出來，除了暗含著彼此較量較量的成分外，對於來年的生意也有莫大關係，此外哪位先生叫座力強，來年茶房的茶水伺應都會特別殷勤周到點呢！有此三者，所以在蘇常一帶能夠聽一場年終精粹盡出的會書，的確是大飽耳福難得的機會。

抗戰勝利，初到臺灣，延平北路龍山寺一帶喝功夫茶的老人茶館，還有說書先生在說書，排場氣氛跟北平的書館大致彷彿，可惜彼時剛來不諳臺語，現在老人茶館已成麟角鳳毛少而又少，除了在小街陋巷偶或發現有一兩處茶館帶有人在講古外，要想找一個連續正式說書的場子，簡直渺不可尋，已成陳跡了。有一兩次電視中午節目有說評書項目，可是穿著不古不今，言詞動作、拿腔做調過分做作不說，跟在書場聽書的情調完全兩樣，收書時還要彈著月琴唱四句書尾，聲調平俗韻律全無，實在難收當稟除煩的效果。筆者離開大陸時，一些老藝人有的年歲早逾花甲，就是年壯一點的也過五望六了，現在計算起來，仍舊活在世上的恐怕也寥寥無幾，將來想再聽評書可能沒絲毫指望，評書這行恐怕是歷史的名詞了。

老古董

西鶴年、同仁堂

——三百年的老中藥鋪

早在北伐成功南北統一的時候，北平協和醫院的醫療技術高明，機械新穎，在東南亞已經首屈一指，也可以說在國際間也堪稱聲華卓著的了。不過北平是由元到清歷代帝都，所在地人民習於崇古篤舊，雖然全國各省市遇有疑難重症的病人，紛紛到北平協和醫院請求檢查救治，可是當時北平形成新舊合參、中西並進的狀況，列為譽滿平津的四大名醫施今墨、蕭龍友、孔伯華、楊浩如，每天從早到午門診簡直看不完，下午出馬，甚至忙到午夜還沒吃晚飯呢！

中醫整天忙個不停，北平城裡城外一百幾十家中藥鋪家家自然也就生意興隆，財源滾滾而來了，就是最不景氣年月，也沒聽說哪家中藥鋪停止營業關門大吉的。有一位業中人說：「中藥裡所用原材料都是用上百斤的大秤買進，再用小戥子論錢算分賣出，如果規規矩矩安分守己做生意而不賺錢，那簡直是太沒有天理啦。」一如果細細琢磨這位先生所說的幾句話，確實頗有道理。

北平每條大街上都是中藥鋪，把它們分析起來，大致可分為三類，一種是祖傳秘方，專治某種病的特效藥，例如莊氏獨角蓮膏藥，專治無名腫毒，拔毒化膿，去腐生肌。馬應龍眼藥，專治風眼火眼，虹膜生翳，虹彩內障，迎風流淚。回春堂八寶牛黃鎮驚散，專治小兒急慢驚風，口眼歪斜，四肢抽搐。……這些祖傳秘方的藥鋪所在多有，一時也說之不完，數之不盡。當年北平有名的西醫首善醫院的院長方石珊說過，他從海外學成回國，掛牌行醫，對於那些中醫秘方特效藥，雖不鄙視，但內心總不相信有什麼絕大效果。有一次一個到他醫院求治的幼童，已經昏迷抽搐不停，他認為送醫太遲已經無可挽救，人家只好死馬當活馬醫，回家去立刻灌下重量小兒鎮驚散，居然止搐復甦，救回一條小命。另一位患痔漏病人，膽小暈針又怕開刀痛苦，始終捱蹭不敢開刀，結果，人傳秘方大量擦敷馬應龍眼藥，結果痔核果然無痛脫落。那些不可思議的中藥真令人不能不由衷佩服。一種是按照醫生處方專門給人配湯藥飲片的。從前曹錕任大總統時，總統府正醫官曹元參給人看病處方，喜歡用植物鮮葉，如鮮枇杷葉、鮮石斛葉……等等，一般藥鋪平素根本就沒有預備，就是有也無法大量供應，只有東四牌樓有一家萬春堂藥鋪，人家說是曹元參的御用藥鋪，有用盆栽，有用畦培，在後院開闢一座藥圃，專門栽植種中藥所需藥類植物。一種是以丸散膏丹為主，兼配飲片的藥鋪。這類藥鋪在北平佔絕大多數，可是歷史最悠久，信用最可靠要數西鶴年堂跟同仁堂啦。

據北平藥業公會會董郭萬年說：「北平最古老的藥鋪要數西鶴年堂跟琪卉堂了，西鶴年的招牌，是嚴分宜（嵩）寫的，琪卉堂的招牌是海汝賢（瑞）寫的。一個是嘉靖年間，一個是正德年間，彼此相去不遠。可是嚴分宜父子惡名早著，因為戲劇渲染婦孺咸知，而海汝賢罷官在中共未鼓動成為巨浪滔天之前，他的直言切諫似乎尚未殫竭忠悃，為人樂道，所以海大人給琪卉堂寫的牌匾才沒有引起人們的注意呢！」

西鶴年堂開設在宣武門外菜市口，五間門臉，窗牖敷金，簷檻藻麗，氣派輝煌，一字長櫃臺，漆得烏黑閃亮，奇怪的是西首臺面，有五寸大小一塊木頭，經過多少次的油漆，始終隱現血痕，據說是清代有名打家劫舍的梟匪康小八，被官府緝獲後，綁赴菜市口（**清朝菜市口是處決犯人的刑場**）凌遲處死。劊子手一開膛看見康小八的心房比常人大近一倍，一刀割下，就含在口內，等行刑完畢，就直奔西鶴年堂了。到櫃臺一張嘴，就把含在嘴裡的人心，吐在櫃臺上了，結果這顆特大號人心，由西鶴年堂用高價收買了，所以櫃臺上有塊血跡，不但擦洗不掉，就是髹漆刷色，依舊血斑宛然，凡是知道這樁事的人，到西鶴年抓藥，總要瞧瞧那塊殘跡。嚴嵩素以書法出名，在北平給人寫的市招很多，其中以給六必居醬園寫的一塊，跟西鶴年堂一塊最為出名，所以有些風雅之士，到西鶴年堂看嚴分宜書法的，聽人傳說也就看到櫃臺上的血斑了。

光緒年間戊戌政變的六君子就是在菜市口行刑處決的，據說管理出紅差的衙役們，想訛詐西鶴年堂幾兩銀子。西鶴年堂不買帳，愣愣不理睬，結果那班衙役一使壞，把個監斬官的公案，就設在西鶴年堂平臺石階上啦。六君子依序唱名標斬之後，北平市井就有個無稽傳說，說西鶴年堂午夜不時有鬼敲門來買刀傷藥，所以天一擦黑，有些膽小的人寧可多走點路到別家藥鋪抓藥，也不願意光顧西鶴年堂去了。

四大名醫中的施今墨、孔伯華對於處方所用飲片非常認真，因為西鶴年堂藥材地道，炮製認真，他們都指定病家到西鶴年堂抓藥。可是他們每天應完門診，出馬很遲，加上病家又多，往往弄得三更半夜才姍姍而來，又怕病家不依他的話到西鶴年堂去抓藥，他們所用藥引子不是加上一味什麼散，就是什麼丹，都是西鶴年堂獨有的丹丸，所以有些病家的傭人，一聽說主人家有病，請施孔兩位大名醫來看病，一個個都愁眉苦臉，就是怕要摸黑到西鶴年堂去抓藥，心裡總有點毛毛咕咕不踏實，不過西鶴年堂的飲片，比別家的藥確實精細高明有獨到之處，是不容否認的呢！

談到同仁堂樂家，據樂詠西說：「我家原籍浙江寧波府慈水鎮，在明朝永樂年間，就來到北平了。遠祖是位搖串鈴的走方郎中，因為脈理精邃，數傳到了清朝初年，有位名叫樂尊育的在太醫院掌管藥庫，因為交往的都是藥業的行商店號，到了康熙初年，他的少君樂梧崗，敏而好學應了幾次鄉試，都是榜上無名，於是息了做官的念頭，在前門外大柵欄，正對門框胡同開了一家同仁堂中藥店。雖然是三間門臉頗夠氣派，因為地勢低凹變成倒下臺階，顯得有欠堂皇了。老年間大家都不懂得什麼叫空氣污染環境衛生，同時大柵欄商店鱗次櫛比，十家倒有八家沒有廁所，於是各鋪眼兒掌櫃徒弟清晨起來溜早，同仁堂門口變成最佳的方便處所，你走過來方便一下，我走過去小解一番，開張不久的同仁堂門口就變成尿騷窩子啦。樂掌櫃的凡事不與人爭，雖然堅此百忍，可是門堂之間騷氣烘烘的，實在對買賣有絕大影響，打算把門堂墊高，豁亮通風，也就不至於引來方便大眾了。於是請了一位堪輿先生來擺擺羅盤，看看風水，哪知堪輿先生一看之下，認定同仁堂正坐在財源輻輳百鳥朝陽的旺地，氣脈長達兩三百年，要是一墊高地基就破壞龍脈了。」所以同仁堂從康熙到民國兩百多年，始終是倒下臺階的門面。

樂家在北平世代綿延共分四房，丁口繁夥，老宅在宣南新開路，自從清廷倡導格物致知，設立同文館後，樂家思想維新子弟中如有可造之材，都進館念洋書。庚子拳匪亂起，打著「扶清滅洋」口號，把崇尚新學的人都目為二毛子，捉著就砍頭，樂家收藏著不少原版西書，恐其招災惹禍，悉數擲到煉藥爐裡焚毀化為灰燼。後來他家青年男女都送到法德兩國去留學，在巴黎、柏林都置有別墅等等，是樂家子弟海外求學的寄宿舍。他們家規甚嚴，學業有成，必須回國工作，如果貪慕海外繁華，楚材晉用，一律在宗祠除名，所以樂家子弟，雖然絡繹不絕去海外，可是久滯不歸，或是改換國籍的，實在是鳳毛麟角少而又少。

樂達仁在樂家後代中是一位傑出人才，不但幹練敏實，而且思慮恂遠。樂家有一項家規，同仁堂業務經營由四個房頭，輪流管理，期限一年，如果有人自立門戶謀求向外發展，亦為法所不禁一切聽辦，不過一律不准使用同仁堂字號全名，只准使用「仁」字，外加「樂家老鋪」四個字，對外顯示是樂家子孫開的藥鋪，對內各房有各房的堂號彼此有個區別，於是平津滬漢以及全國通都大邑，什麼宏仁堂、樂仁堂、達仁堂、樂壽堂……等等，凡是帶「樂」字，或是「仁」字的中藥鋪，大概都是樂家子孫在外所開的買賣。樂達仁學成回國，先在北平開了一座達仁堂，雖然他對於西學博解宏拔，可是自覺中藥方面，一知半解，技未專攻，每天準時到櫃上去，跟那些叼著旱煙袋製藥先生們從《雷公藥性賦》、《本草綱要》，祖傳秘方炮製熬煉，擴及採辦經營，他這樣孜孜汲汲黽勉經營，不幾年平津滬漢都開了分號，隱然是樂家老鋪最傑出的一家分店了。

樂達仁對於他家的家世，知道得最清楚，先世創業不知經過多少顛躓擠厄，艱辛掙扎，才混到現在局面。他說：遠在康熙年間，他家的丸散膏丹已相當有名。有一年夏天，康熙到大紅門行圍射獵，突然中暑，吐瀉不止眼看虛脫，太醫院的御醫，用重藥恐怕御體受不住，藥太輕又治不了驟然而來的急症。正在群醫束手，有位皇帝近侍太監張一清，跟樂家素有往還，獻議試用同仁堂的暑藥可能有效，眾醫認可服用之後，果真霍然而癒，從此「同仁堂」三個字深印康熙腦海，頗得皇帝的信任。有一位皇子不幸染患赤痢，服了太醫院御醫門的處方下痢依然，最後試服同仁堂的「太乙紫金錠」，居然藥到病除，從此內廷壽藥房跟同仁堂要了一份同仁堂丹方抄本，如法炮製，以應內廷需用。（按：清宮萬應錠俗稱金老鼠屎，主要原料係古墨跟一撚金，功能去心火清內熱。太乙紫金錠，治紅白痢疾無名腫毒都有效，壽藥房精研細製的紫金錠是做成雙魚、吉盤、如意、福壽字、八仙人種種形態，裝在荷包裡賞賜臣下叫暑藥荷包，原方都抄自同仁堂丹方秘本。）

皇上一信服同仁堂的成藥，那比什麼宣傳效果都好，加上樂家人會動腦筋，打通內務府門路奏奉核准，凡是晉京參加會試的舉人老爺，無論中試與否，一律欽賜同仁堂出品的太乙紫金錠一盒，暑天行路，眠食失常，有個發痧中暑，紫金錠其效如神，加上恩出自上皇家珍賞，少不得每位舉子都要到同仁堂買些成藥帶回鄉去贈送親友，炫耀一番。這種非廣告的宣傳，把個同仁堂大名聲名遠播，舉國皆知了。同仁堂在盛名之下，對於藥料的選材越發特別注意精益求精，一般藥料，每年春三月冬十月是藥材大市，櫃上都要選派有經驗的得力幹員，到全國藥材集散地，保定府所屬的祁州藥王廟精選蔓購，藥王廟的藥市要等同仁堂的專人進場才能議價開秤，他們只求貨色好，不怕貨價高，又是大批蔓購，在藥市形成舉足輕重的大主顧，後來又承包御藥房各種御用藥品，更顯得聲名赫赫，助長他們在商戰中的威勢。有些貴重藥材，如老山人參，得去吉林長白一帶直接購買，鹿茸則去營口坐莊收購，如果數量不足甚至遠去海參崴、西伯利亞補充足數呢！麝香雖然產地是青海、西藏，可是上等麝香，都歸河南杜盛興包辦，凡是經過杜盛興加工的麝香都蓋上杜字戳記，售價要比一般貨色高出兩成，同仁堂入藥麝香，一律用杜字麝香，所以同仁堂每年總要派人到河南杜家買一大批回來。同仁堂所製成藥需用冰片的地方也很多，極品冰片是龍腦樹上膠脂提煉而成，叫梅花龍腦，我們閩粵兩省雖有生產，可是數量有限，每年要派人遠去婆羅洲、蘇門答臘選購。有人說中藥的精選加料，價錢加倍，都是騙人的把戲，要是看過同仁堂製藥調配過程，就知道一分錢一分貨，加料精選的錢，不是白花的了。

同仁堂的作房，後來改稱製藥場，一直設在新開路住宅東院，房廊眾多，容納管理操作人員兩三百人尚綽綽有餘，丸散膏丹，分門別類，各有職司；配藥酒、研粉劑、熬膏藥、吊蠟丸，各司其職；都按照科學管理，按部就班，井井有條。有些秘方成藥，為了保密，還要送到內宅，由指定內眷負責增減調配。至於極機密的丹方用藥，則由負責店東親自動手啦。

同仁堂是四房公產，營利所得除提若干成公積外，其餘按四股均分，原料、半製品、成品各有專門庫房，庫房鑰匙也是四房各有一份，藥品出庫入庫，要四房到齊，才能辦理以資信守。當年每天營業收入以銅元居多，每天結算下來，按股分送各房。故友濮伯欣次女于歸樂家，每天住所堆滿若干錢板銅元，要等第二天才能送往銀行錢莊入帳，成捆的銅元放在屋裡，自然有一種銅臭味，我們常跟她開玩笑，說她看見錢反而發愁，現在多大交易，一律用支票鈔票流通，想起來，當年用銀洋銅板情形，真令人有不勝今昔之感了。

北平古老店鋪雖然不懂得什麼包裝設計，美化包裝，可是他們也各有不同的包裝，雖不華美，可也款式古樸。例如茶葉店每一小包，不用秤戥，每包份量不差毫釐，無論幾包到百把包，儘管大小不同，可是方方正正，整齊劃一。聽說在茶葉店學徒，學包茶還是一門重要課程呢！只要能上櫃臺給顧客包茶葉，就差不離就要謝師拿全份工錢啦。

藥鋪給顧客抓藥，比茶葉鋪包茶葉的道行還要高超。因為茶葉每包份量相等，自然包裝比較容易，藥材可大不相同啦，不單要每包藥材份量有按份的，有論兩的，而且體積大小不一，鬆弛也有相當差異，每一服藥，都要碼成上尖下方砌成金字塔形，還得見稜見角，從來到藥鋪抓藥，沒聽說一劑藥，是在半路散落滿地皆是藥包的。後來同仁堂革新包裝設計，把每堆藥都分類另印說明書，註明植物科屬，製藥所採用部位，及醫療功效禁忌，每一味藥都附有一份說明，不但便於病家查考，再經過一次查對，當然更不容易出舛錯，仔細實惠，頗見高明，各藥店看見同仁堂抓藥附方單，於是相率仿效，後來反而蔚為成規了。

在民國初年，當第一次歐戰爆發之前，日本乘國際局勢分崩離析、擾亂不安的時候，對我們中國威脅利誘，無所不用其極，形成舉國上下，都有仇日抵制日貨的心理，所以日本藥在中國的銷路一落千丈。中國人對於德國貨一向有真實可靠的印象，於是德國的拜耳廠就乘隙蹈瑕，來到中國想跟同仁堂商量合作。以同仁堂在社會上的威望信用，加上德國拜耳科學製藥機械，精確革新配方，益以企業管理，佐以雄厚資金，前途自然大有可為。樂達仁曾留學德法，識見宏邈，研幾杜微，是樂家後代中卓犖傑出人物，可是當時拜耳廠派來的全權代表，堅持使用拜耳藥廠的商標，廠要設在青島，樂家則認為同仁堂有兩三百年歷史，在社會上各階層已經有了深厚信譽良好基礎，一旦放棄同仁堂牌號不但顏面攸關，改用拜耳商標，在銷路方面，是否有絕對把握，尚未敢必，為求穩紮穩打仍以使用同仁堂名義比較穩妥當，況且青島在歐戰之前，德國以兵力侵佔膠州灣，青島地區完全在德國人控制之下，反賓為主，對我們可能有若干不利之處，樂氏家族一律主張廠設天津，幾次研商都無進展，樂達仁雖在樂氏家族中是位決疑定難人物，可是茲事體大，各房意見既然眾謀咸同，中德合作之議只有作罷。

去歲在香港，聽說在北平三百多年老店京都同仁堂已改為國營。也聽說臺北開封街有一家同仁堂，是當年南京同仁堂在大陸淪陷時遷到臺灣來的，如果是一脈傳統，希望樂家的祖傳丸散膏丹秘方幸獲保全，沒有散失，將來老樹著花，或能再放異彩發揚光大。

臺南民俗展婚禮服飾談

老古董

這兩天，臺南市正在舉行民俗文物展及各種民藝活動，耗資在千萬元以上。蘇南成市長這種魄力，這種手筆，實在是令人至感欽敬的。節目中有一項最受人矚目的是古代結婚禮俗，據報紙刊載，這是一項具有三百年前中國江南傳統婚嫁的儀注。這種清代初年江南婚禮的規範，雖然渴欲一覘昔年景象，可惜年近歲逼，雜亂紛呈，竟然匀不出時間抽身南遊，只有徒呼負負而已。

二月十四日本報第三版刊有迎親、拜堂兩張照片，註明「三百年前中國江南婚禮」。圖一是新郎跨下駿馬，在旗鑼傘扇引導之下，鼓吹前進。現在時序，雖已立春，尚未雨水，一般人應當仍著冬裳，未易夏服，執事人等就先戴上涼帽（正名叫葦笠），未免太早了一點。圖二新郎頭戴銅盆帽，鼻架黑框眼鏡。銅盆帽是民國初年產物，三百年前江南人所戴禮帽，絕非銅盆式可以斷言。至於玳瑁邊眼鏡，筆者幼年所見與新郎官所戴眼鏡款式也不相同，當年晚輩見長輩，部屬見長官，必須脫帽摘眼鏡然後行禮致敬，花燭拜堂豈有不脫帽不摘眼鏡之禮。新郎官掛綵披紅，古已有之，不過披紅也有說法，新郎應當雙掛綵綢，前後各有一朵彩球，儐相司儀贊禮人等才是單跨彩球呢！

新娘子的蓋頭，要用黻黼絺繡，瓔珞四垂綢質方巾，主要的是不掀蓋頭，無法看見新娘嫵媚婀娜的花容月貌，同時也表示新人寶相內瑩，增加幾分神秘感。新娘禮服由清末到民初變化甚多，三百年前當然代有新裁，不過腰橫玉帶是平劇宮裝，為了錦綺粲目、柔麗鮮美的陪襯，請想新娘登輿落轎，金鉤鞢帶有多不方便呀！

余生也晚，三百年前的新人的服飾，自然未能親見，不過證之古籍圖片，以鑑清末民初婚禮實際情形，尚摩登甚多。此次民俗文物展，已屬各縣市中一項創舉，可是歷史是講究求真求實的，特就所知寫點出來，聊供下次舉辦這種特展的參考。

猴年來了

老古董

時光彈指，一眨眼未去申來，又將輪到猴兒哥值年當令了。筆者幼年時節，對於大的動物喜歡馬，小的動物喜歡猴。先伯祖有一對「墨猴」高不足五寸，通體漆黑，臉盤有一圈白線，臉部漆黑，雙睛色藍，大而且亮，平時交給一位名叫「依蘭」的書僮豢養，它睡的床，到了冬天，就是依蘭的一雙棉毛窩（北方管棉鞋叫毛窩）。

那一天先文貞公要動筆給人寫屏聯條幅，依蘭準備開始用墨海研墨，就把這對「小可愛」帶到書房裡來了。書桌上有一隻瘿瘤虯結的大筆筒，就是它們棲息之所，它們一聽到展紙濡毫的響動，就環繞墨海左右嬉戲，不敢遠離，等筆在筆洗子裡把墨汁洗淨，它們知道字已寫完，於是一左一右站在墨海旁邊，把殘餘的墨汁舔得一乾二淨，昂首皤腹，怡然自得，彷彿吃了一餐盛饌。

筆者幼年每天也要寫兩張大楷，有時因為時間關係來不及研墨，倒一點一得閣的墨汁在硯臺上研兩下就寫，它們望望然而去之，有時還流露鄙夷不屑的神情。依蘭說它們能辨墨性，松煙油煙一嗅而知，一得閣墨汁雖然號稱松煙精製，但是雜而不純，所以它們不屑一顧，事隔多年，偶或濡墨作字，倆小頑皮作態神情，還時常在腦海裡打轉轉呢！

「長尾猴」身長一尺多，可是尾巴要比身子長三四倍，越南、美洲都產這種猴子，毛近白色，有淺黑花紋不過不十分顯明，最大特徵兩個鼻孔相距極近，逗它發怒時，齜牙咧嘴鼻孔上翻，咻咻有聲，非常滑稽，引人發笑，它因為尾巴特長，所以喜歡用尾巴攀附在藤葛一類軟樹枝上，讓身子倒垂，整天不倦。

據《伐貢萃珍》記載，乾隆時代安南國王歲時納貢，有一年進貢來一對尾長五尺的長尾猴，這在安南也是罕見的，後來宮裡訓練它在建福宮佛前撣塵，鉤簷絡栱，懸空轉側，能把華鬘瓔珞、金檀銅索，拂拭得光潔無塵，在御前當差，還頗得乾隆皇帝的鍾愛呢。越南在未淪陷以前，有位越南華僑朋友，來臺北參加十月份慶典，他說越南的來州跟雲南哀牢山區接壤地帶，有一段峻壁懸泉、綠榕蒼松之間最多長尾猴，扶搖躐躍，毫不怕人，不過尾長最多三尺，至於五尺長尾的猴也極罕見，可能當年視同珍禽異獸才進貢來的。

清朝名臣張之洞，傳說他平素居息不定，喜歡抓耳撓腮，甚至眠食也沒有準時，剃頭打辮子都要等他假寐時候才能修剪，他自信是千年靈猴轉世，所以他名號「之洞」、「香濤」都跟猴類有關。當年張厚琬（張香濤子）告訴筆者說：「我家北平白米斜街的寸園裡有一頭獼猴，不是買來飼養，而是自己來的，平日棲息在重巖疊嶂的假山窟，園裡有的是各式各樣的果木樹任其攀騰採擷，所以它的食糧也不虞匱乏，先文襄公每天都在船廳假寐，這個老猴有時就來坐在文襄公對面，似乎在運氣調息，從不驚擾別人，自從文襄公去世，寸園裡住的靈猴就從不現身了。」張所說有點近乎神話，但厚琬先生清曠篤實，與猴為伍，也不是什麼體面事，所說當不致虛構騙人。

筆者旅滬住舍親李榴孫家，正趕上他家增修宗譜，成立譜局子，從事這項工作的，都是從各地延攬來的飽學之士，其中有一位歙縣人鄭颿夫，不但文筆清蔚，談吐也儁邁不群，他世代經營清茶外銷，所以他對於選茶方面知識極為廣泛。有一天晚上，我們對坐，從閒聊談到茶經，他興之所至，拿出一具大僅盈握的錫罐，外被錦囊，從罐裡抓出一撮茶葉，大約不足三十片，自己煮水烹茶斟出來的茶色淡綠溫淳，味澀微甘，等飲第二杯，才覺得漸入佳味，古人說「啜苦咽甘，香留舌本」八個字，這種茶味，確足當之。他認為黃山三十六峰雖然產茶都有盛名，究竟風高霧重，芳烈欠柔，他家在黃山支脈赤編峰，靠近浙江北黟山麓，有一座茶山，嶰壑巇巇，脩柯戛雲，在該處培育了近百株茶樹，有一年狂風驟雨，岩層崩陷拗捲，變成滄海桑田無路可達，只好放棄採收。後來發現每年春芽，蘊散奇香，芬芳四溢似桂，允稱細色奇品，於是仿效採雲霧茶方法，訓練幾隻靈猴，猱升巉厓絕壁，每年採擷也不過十數斤而已，這種茶，功能明目化痰，所以全數留為自用，並不外售。

飼養的猢猻，有一隻叫阿彌的，靈慧出群，據說它還能釀造一種百花果子酒，藏在山上穹石曲塢裡，飄夫的祖父曾經嘗過這種猴兒酒，據說性柔味淡，每年只能釀成三五升，飲後幾天之內都覺得氣爽身輕，可惜當年不懂得化驗，否則化驗出是些什麼成分組成，如法炮製，那比什麼養命酒、益壽酒，對於人體健康的助益，可能更大呢！

大陸北方入冬以後朔風凜冽，非穿皮襖不能禦寒，所以富而有閒人家，講究按照嚴寒程度換穿各種各式長短毛皮襖以示炫耀，凡是收藏皮襖名家，一定要有金絲猴皮貨，才夠得上是玩皮貨的行家。金絲猴頸背的毛有一尺多長，金縷閃爍，五色斑斕，除當年鄂督王子春（占元），拿金絲猴皮做了一副套袴，被人稱為土包子貽作笑柄，一般人都是拿它來做坐褥，冬天鋪在煙榻匟上，轉側不滯，又顯得雍容華貴。

據楊子惠將軍說：「金絲猴生在康定的貢噶山中，縱躍如風，極難捕捉，有人送過我一對，只吃深山野生蔬果，大概氣候飲食不習慣，養了三幾月，雌猴不幸亡故，雄猴伉儷情深，也就絕食而死。」

金絲猴因為獵人窮搜濫捕，已經瀕臨絕種的邊緣，希望保護動物團體，悉力維護，否則金絲猴即將成為歷史名詞。最近聽夏元瑜兄說香港動物園從大陸運來兩隻金絲猴。他有兩張此猴照片，背髮鬖鬖，星眸焜耀，希望能夠小心繁殖，金絲猴就不致絕種了。

故宮御花園有一座假山，名叫「堆秀」，一些小太監走過御花園時，常看見有一隻大型猢猻在麗景軒飛簷鴟吻上晒太陽，據說咸豐年間就有人發現了，迄至慈禧垂簾聽政時，曾有口諭不得任便驅擾，聽其自由來去，御膳房的時蔬瓜果，時常短少，十之八九是它的傑作，有人曾經看見過它溜出神武門，把偷來的瓜果散給整天坐在北上門臺階上晒太陽年老無依的告老太監們，慈禧晏駕之後，這隻老猴也失了蹤跡。李蓮英出宮後，有一年到景山綺望樓禮佛，看見一隻猴子在黃甓翠瓦之間跳來竄去，李說他認識就是堆秀山的老猴兒精，因為它的尾巴特粗，準定不會錯的，如果屬實，此猴當時年齡豈不也近花甲了嗎？

故友張忠繼是研究生物學的，他說猴、猿、猩猩、狒狒，一般人大致可以分得出來，至於真正屬於猴類的，就多達一百種，不是專家就沒法分辨它們的類別了。他住在武昌時節，家裡有座花園，不同品種的猴子養了有四五十隻，有的凶猛殘暴就關在籠子裡餵養，性情溫順的就任便來去。他的令兄在廣西靠近十萬大山的龍津買了一隻「鴕猴」，他不說我們看不出來有什麼特別，經他指明猴的手指腳趾非常怪異，都是駢趾，而且蹼質化握力極強，它被訓練得能提特製小水桶到井邊打水，用水澆花，在食物方面只吃硬殼果實，不吃穀類，力氣雖大，食量卻小。

非洲波茨瓦納有一族土人，只有兩個腳趾，跟鴕鳥的腳一樣，所以叫鴕鳥人，生有鴕鳥腳的猴子，於是就給它起名叫鴕猴。他家前庭有棵盤根虬結的蒼松，他們用細鐵鍊繫住一隻「指猴」，乍一看好像一隻巨型松鼠，既名指猴，以為體形必定很小，可是那隻指猴足有一尺五六，因為它四肢的指頭細長，跟人的手指一樣，所以叫指猴（**是十八世紀孫耨里氏〔SONNE RAT〕所發現，並給它起了學名，因為字母太多現在記不起來了**），它以樹上的蠹蟲、各種昆蟲蛹卵當食糧，柳樹上的天牛更是它食物中珍味，這種異種猴極為少見，所以張教授對它頗為珍視。夏元瑜兄是生物學家見多識廣，對於指猴的來龍去脈，想必知道得更詳細呢！

泰國曼谷的鱷魚潭，除了成千上萬的各種鱷魚外還附設一所小動物園，園裡豢養一對靈猴，不但會穿衣戴帽，還會騎自行車，並且喜歡跟遊客握手一同拍照，據說那隻公猴，因為常常表演吸香煙，所以煙癮很大。筆者在園內遊覽時遇到一位菲籍遊客，口含一枝巨型雪茄，煙香馥郁，逗得雄猴煙癮大作，頻頻索吸，引起那位菲籍人士的好奇心，於是點燃了一枝雪茄遞給它，它好像迫不及待，立刻狂吸幾口噴煙吐霧，滿臉不亦快哉的表情，非常逗樂，等我們看完鱷魚表演，再經過猴欄時，它已經偃臥環互的石磴醺然大睡。

據園丁說，此猴每天有十多枝香煙量，如遇連朝風雨，遊人稀少，它彷彿百無聊賴，鼻涕眼淚直流，如同癮君子犯了煙癮一樣難過，想不到呂宋煙勁道醇厚猛烈，居然把它醉倒了。從前一位抽鴉片的人，畜一猴，猴子整天在煙榻左右跳躍，日久猴子居然染上鴉片煙癮，每天它的主人總要讓它噴幾口煙，否則整天昏昏沉沉打不起精神來，如此說來猴子犯煙癮確有其事而不是捏造的了。

抗戰之前，北平隆福寺廟會有一個專賣西藏青果、紅花、油布、藏香的喇嘛，跟一般做生意刁狡油滑的喇嘛，完全不一樣，非常敦厚篤實，他是西藏噶達素齊老峰附近札林湖的人，名字叫穆斯塔格，他賣的藏青果就是當地特產，堅澀不濡，後味苦中有甘。北平一交立冬，家家都要生個煤球爐子取暖，一冬下來有時會口乾舌燥、咽喉發緊，如果含上一粒藏青果，拿它當檳榔慢慢咀嚼，喉嚨立刻轉為輕鬆氣爽，因為我常買他的藏青果，於是變成熟主顧，也就可以隨便聊聊啦。

他們西藏是以牛羊肉、青稞為主食的地區，可是他偏偏愛吃蔬菜，他就以北平為家，不想回西藏終老啦。不過他每年回趟西藏辦貨，一交立秋準定回到北平來，孤家寡人一個，只有一隻小猴相依為命，寸步不離。他叫小猴「色楞歡」，是一位印度朋友從印度帶來送給他的，據說產自印度恆河，不知用什麼藥水洗過之後，猴子就不往大長個，色楞歡平素都躲在穆斯塔格肥大的長袍裡，搭膊一繫，揣在懷裡穩如泰山，主人做生意它就躲在櫃上看著貨色，看到有不規矩的顧客，它就吱吱亂叫，讓它主人注意。

色楞歡只吃乾鮮果類，尤其愛吃糖炒栗子，每年桂花飄香，總要買幾次糖炒栗子犒勞它。後來聽說色楞歡有一天跟同住的一位喇嘛所畜的藏犬嬉戲，被藏犬咬傷，不治而死，它的主人傷心之極，天天給它念解結咒、往生咒超渡往生極樂呢！

老古董

民國三十五年初到臺灣，每天過午衡陽街人行道上擺滿了地攤，鼎彝環璧，玉箔金珠，甚至扇拂旌鉞，銀飾珍玩，無所不有。其中有一蟠木瘿筋雕琢的三猴：一個猴兒手掩雙耳，張目哆口，一副非禮勿聽的神情；一個猴兒手遮雙睛，舌撟不下，活脫非禮勿視的姿態；一個猴兒捂住嘴巴，笑開星眼，宛如非禮勿言的架式。三猴一排箕踞尻坐，形裁腲脮，雕刻的手法精細，非常傳神，索價老臺幣數萬元，我當時還了個價，他沒賣。回來與游彌堅兄談起這件事，他說三猴是日本一件國寶，在一座寺院供奉，要去參觀還得另外買票。三猴是非禮勿聽、勿言、勿視的警世格言，聽說日本兒玉總督有一座名匠鏤刻的樺木三猴，已有好幾百年歷史，如果是他的珍藏，幾萬塊錢太值得了，等我們趕去，已然被識貨人買去了。近幾年來，民間雕刻藝術經有心人大力提倡，漸漸走紅，外銷極為暢旺，苗栗、通霄、三義一帶木雕藝術品中就有這種三猴出售，不過講姿態、論神情，比我早年在西門町地攤上所看見的三猴可就差得太多了。

北伐告終，荊有岩兄奉派為河北省財政特派員，他有哮喘宿疾，入冬必犯，昕夕踞坐，不能眠食，至為痛苦。特派員公署有一位科長韓昌壽，是廣西百色人，他的先世是十萬大山一帶有名獵戶，他家收藏了若干蛇膽粉跟猴棗乾，猴棗是跟牛黃、狗寶一類東西，而是生在猴類身上的，據說猴棗生在猴的頰嗛左右，用來泡酒飲用，哮喘可以永不再犯。韓君知荊特派員有哮喘痼疾，送了他一瓶猴棗酒，荊服用之後，經歷三冬都未喘過，不過真的猴棗極為難得，所以這個治喘偏方，知道的不多罷了。

記得北平西便門外白雲觀東山門圓拱石楹上刻著一隻石猴，大小二寸有餘不足三寸，不知是觀裡老道催香火造的謠，還是香客起的鬨，愣說那隻石猴能治百病，凡是哪個地方有病痛，就去摸石猴的某一部位，病就會不藥而癒，所以每年正月廟會，許願燒香的善男信女，在人山人海擠進東山門時候，自己或家人有病痛，都要在石猴身上摸一把，你摸我也摸，把個石猴摸得又黑又亮。

余自幼好啖，在友儕中素有饞人之稱，但對於敲碎天靈生啜猴腦那種殘酷餐享，從不敢近。勝利還都，皖人經營的中孚銀行，被人誣為敵偽時期附逆，後經皖省耆宿吳禮老、許靜老奔走關說，真相大白，繼續經營。中孚銀行經理孫錫三在南京假周貽春府上，潔治杯酌，以酬二老之勞，有一道菜盤飣墨黑，嘗其味四圍配有髮菜、烏參、羊肚菌，中有四隻黶翳黧黑、其大如拳的菜頭，腴潤柔滑，始終辨不出是什麼東西來，後經錫三兄說出這就是世所豔稱的猴頭菌，是當年壽州相國（孫家鼐）在世時，人家餽送的，一直用綿紙密封放在瓷罏裡四面用石灰塊塞嚴，所以經過幾十年既沒蟲蛀，也未霉變，所幸用溫水一發，就回軟膨脹，大家得嘗異味，都非常高興，比起生啖猴腦恐怕要心安理得，適口充腸多了。

友人李雲伯，生長在貴州，是研究人類學的，他對於西南雲貴川粵苗猺猓獞的風土習俗知道得極為清楚。有一年他到連山八排猺聚居的地區調查山產情形，他隨身攜帶一個準備吸煙用的新式打火機，燃煙時被排猺的頭目看見，認為是神物，隨時來火，方便之極，把玩之下，不忍釋手。他們排猺取火本極困難，就把那個打火機送給那個頭目了，哪知當晚頭目用舞火晚餐招待，在筵前燃起一堆熊熊烈火，青年男女，圍著火焰輕歌曼舞，族人吹笙羯鼓助興。宴客主菜是像牛肉乾的一大盤東西，放在正中，吃到嘴裡肉頗腴嫩，幽椒配鹽，氣味芳烈，主人隨吃隨把肉塊擲向火堆，大家爭相攫食，雲伯食之而甘，飯後方知所吃叫「獼猴鲊」，是排猺族歡迎貴賓的珍食了。

這種猴動物學稱之為獼猴，當地土人叫它沐猴，赤紅臉、臀疣突出，川廣山中都有出產，因為它性暴易怒，無法馴服給人執役，所以排猺族捕獲這種獼猴，就拿來做「獼猴鲊」，這是他第一次吃猴子肉，事後想起來，胃裡還有點翻翻的不太舒服呢！

筆者旅居鯤南多年，又不時跟鄉民打交道，才知道臺南縣六腳鄉與柳營間的王爺、大丘、山仔腳、尖山埤、匏仔園一帶山地都產土猴，每年中秋之前，是土猴盛產時期，有些嘴饞的朋友，這個時候到六腳鄉一帶賣山產的小酒館，沽飲幾杯，碰巧了就能清炒紅燒一快朵頤了。據說吃猴兒肉喝啤酒別有風味，筆者雖然素有好啖之名，可是對於找一些稀奇古怪的獸肉來大嚼一頓，總覺得心中怛兮，食難甘味呢！

前兩天有位朋友從羅東來，告訴筆者說前月九號下午他的鄉友簡君騎著摩托車從東澳返羅東，在南澳鄉蘇花公路上，發現罕見的奇景，有近百隻大小野猴，成群結隊在路旁踉蹌跳盪，有的糾纏打鬥，有的在樹上摘果亂拋。簡君一時好奇心起，想不到群猴野性難馴，於是停車熄火，跨下機車打算看個究竟，同時在地上撿了一塊石子，向猴群擲去。哪曉得石子一擲，路旁小猴吱吱亂叫狂奔而逃，樹上猢猻分枝拂葉，縱竄潛蹤。簡君正覺好玩得意，不料有二十多隻老猴，悍目嘶吼，蛇進而前，大有跟他拼鬥之勢，嚇得他戰慴失色，舉足而奔。他這一跑，群猴高聲嗷噪，窮追不捨，有些狡黠的老猴，居然猱升樹杪，居高臨下攀枝投石，讓簡君上下勢難兼顧，正在危急慌惑千鈞一髮之際，忽然馳來一輛載運砂石的大卡車，卡車司機一面開車猛衝猴群，一面狂揿喇叭以壯聲勢，群猴知力不敵，才相將呼嘯四逸，簡君此刻已嚇得手足癱瘓，不能舉步，幸賴卡車上人，將人連車帶回羅東，再也不敢在蘇花公路南澳地段獨自馳車了。

據羅東老一輩人說：「在乙未、丁未兩年初冬蘇花公路都發現過猴群。」大概是猴年將到，它們特地出來顯顯威風的吧！

中華民國六十九年歲次庚申，中央印製廠所印月曆首頁印的是郎世寧畫的楓葉白猴，此畫違別多年，今又重晤，令我想起了這幅畫的一樁小故事：內廷舊例，每年農曆六月初六首先晾經，事先由內務府開列本年擬晾經卷清單，字畫清單一併，呈奉御覽核定，指派晾經大員就在麗景軒或盛福宮晾經晒字畫了，每次晾經十部到二十部，看經卷部頭而定，字畫則規定為五十件，迄至民初，仍循舊例辦理。某年所晒字畫裡就有這幅郎世寧所繪楓葉白猿，當時指派晾字畫大臣中，有一位看中了這幅工筆畫，請求賞賜，幸虧內務府大臣耆壽民解圍說猿猴同種，此幀早經列為十二應真寶笈，未便抽出賞人，才獲庋存到今。

姑且妄言狐仙事

筆者在北平的住所，是一座百年老屋，因為人丁稀少，房舍眾多，眾人一直傳說有狐，可是誰也沒見過。有一年舍親王安生交卸了甘肅固安縣縣篆，道經北平準備回轉揚州養老，到了舍下，就安頓在西書房住宿，時方盛暑，廳房戶牖弘敞，又是滿室縹緗，他書看倦了，就偃卷在湘妃榻上合衣而睡，第二天清早他被浥浥晨露驚醒，哪知衣褲盡除，赤身睡在走廊的臺階上，他自認是狐捉弄他的，第二天連書房都不敢住，趕忙搬到城外佛照樓客棧去了。看門的徐林是先君的書僮，大概也被捉弄過，每月二十六他都在書房小跨院裡很虔誠的供一壺白乾、三枚白煮雞蛋，他只說是供大仙爺的，問他別的有關狐仙的事，他就閉口葫蘆，什麼也不講啦。

筆者當年在糧食部服務的時候，雖然住在部裡單身宿舍，可是一房一廳，外帶衛生設備，也相當寬敞。後來部裡來了位新同事吳紹先，他是湖南人，因未攜眷，也想住在單身宿舍，無奈當時已無空閒房間，經同仁介紹，就在我的臥房增一臥榻，客中多一室友，也可以稍慰寂寥。吳君短小精幹，紅光滿面，兼之含懷夐遠，吐詞雋拔，倒是一位可交之士。他有一隻白地青花中型瓷罐，每天早晨，都要從瓷罐裡挑出一湯匙黑色膏子藥，用熱水沖服，後來相處了兩三個月，我發現無論公私大宴小酌，他是從不參加，我偶或買點糕餅水果回來請他品嘗，他也授而不用，頂多吃點水果。

有一天他好像有話想跟我講，可是欲言又止赧於啟齒似的，結果他終於吞吞吐吐的說了出來。他有一狐妻，原住徐州，擬來探望打算在南京小住幾天，又嫌白天旅館嘈雜，擬住我處，可又說不出口，當時我恰巧要去上海公幹，允將宿舍讓渠獨佔三天，不過有一條件，希望將他狐妻玉照給我一看，他欣然允諾。公畢回京，他的狐妻已走，出示照片果然綽約冰雪，嫻雅內瑩，若他不說是狐妻，跟常人毫無差別，更沒有輕豔側麗的神情，問他遇合的經過，他就不肯說了。走時留下一筐雅廣梨送我，此梨係北平一種特產水果，不耐貯藏怕壓，外觀雖然不美，可是汁多而甜，因為運輸困難，所以在南京水果店雖然四時鮮果俱全，可是很不容易吃到雅廣梨，她居然能弄來一筐雅廣，足證高明，她的手法是不同凡響的。從此我留心吳兄的飲食行動，除了發現他睡眠極少，不近煙火，恐怕引起人家猜疑駭怪，偶或拿一塊半塊糕餅淺嘗輒止，無非是障人耳目，他實在是不需要進飲啜食，以慰饑渴的。過了幾個月吳君忽然不辭而別，留了一封短簡給我，說中原禍亂已萌，他已攜眷入川，早營菟裘，將來大家或能在川滇相晤，後來有人看見吳君在貴州的貴定極樂寺出家修行，童顏鶴髮，神滿氣足，老而彌健，是否他受了狐妻指引，修成大道，就不得而知了。

抗戰之前，先祖跟友人在蘇北合夥經營的鹽棧，泰縣分棧，房廊交疏，頗饒雅韻，抗戰期間停止營業，就被敵偽軍政吏胥霸佔，隔棟截柯，據為公館了。三十五年春天，筆者循里下河，把興化、東台、泰縣幾處分棧收回，住在泰縣鹽棧正房西廂三間，有人跟我說，這正廳西廂屋宇雖然幽靜寬敞，可是聽說住有狐仙，一直空閒無人敢住，我因花廳、書房、客座均在，商請現住人限期騰讓，尚未到期，不得已只好設榻西廂了。泰縣電燈廠因發電量不足，每晚十二時後即不供電，為了夜間入廁方便，床前放一方凳，照燃一盞煤油燈，撚到最小光度，起床時再行撚亮。有一晚睡至深夜忽然聽到耳邊鼾聲大作，西廂前後雖然房廊交錯、屋宇迂迴，但均未住人，何來鼾聲，於是起身將燈擰亮，發現鼾聲來自床下，迨彎腰探視，在衣櫃下露出毛茸茸、肥碩碩，又黑又亮一段狐尾，上半身則在床下，其巨大可想，驚慌無計之下，只有反身上床，塞緊床簾蒙頭大睡，從此每夜必來，久而久之習以為常，人狐相安，各不相擾。筆者因事有寧滬之行，擬請老友陳仲馨代為看屋，渠意頗猶豫，乃子普沅少年氣盛，自告奮勇願代看屋。哪知他睡了一夜，第二天清晨起身，皮鞋忽然不見，等拿來另一雙鞋穿上，原穿皮鞋分掛帳鉤左右，渠放在桌上呢帽，也由覆而翻，中有狐糞，此後再也不敢給我看屋了。

陳仲馨兄家住西倉街一醬園後進，也是一幢老屋，抗戰期間，亦發現狐蹤，堆置柴草小房，忽然發現草堆著火，眼看火勢熊熊，已成燎原之勢，急往灌救，居然毫無燃燒殘痕，種種怪異不一而足，於是設壇扶乩，給人決疑定難，並且不時臨壇吟詩，香火鼎盛，他雖深以為苦，可是也莫奈之何。日軍進犯泰縣，揚言即將派機轟炸，有人叩詢吉凶休咎，壇示「佛當其咎」，大家均不了解，等敵機騷擾去後，全城房舍人畜均告無恙，不過庵觀寺院神祇佛祖金身塑像，多多少少都受了一些損害，因此偽軍駐泰的軍事長官李長江，還親自到陳府上供拈香仰達天麻呢！筆者是民國三十五年春節，回到泰縣整理善後的，與陳仲馨兄久別重逢，自然彼此都有說不完的話題，據他說自從勝利還都，歲尾年頭，狐仙降壇留四句詩是「卅五春回後，元宵月正圓，登樓崇武帝，莫作等閒觀。」從此壇忽寂然，似已飄然遠隱。我問陳兄此地有無關帝廟，他說此地關家墩子有座關帝廟，碧殿丹垣，雄偉壯闊，我說你家狐仙，可能移駕關帝廟了。有一天我們信步到東壇場，聽野台子平劇，經過關帝廟，進廟瞻禮隨喜，在一間重簷四垂的閣樓裡，它的舊房客大仙爺已經頂起香火，有若干人在那裡焚香頂禮，求丹問卜異常熱鬧了。

以上幾件事都是筆者親自經歷，一直到現在，想起來仍然覺得在可能不可能之間，您若不信，就算姑妄言之，您就姑妄聽之吧！

冬雪瑣憶

老古董

雪，在自然界裡，可能沒有比它更潔白的了，晶瑩六出，賽玉欺霜，可以說人見人愛。古人說：「胡天八月即飛雪。」在西北的賀蘭山，東北的新遼河，到了銀溪無聲轉玉盤、簾斜霧冷濕桂花的中秋佳節的時序，已經是陰霾四伏，惠然雨雪。平津一帶如果恰逢上半年閏月，節氣湲延，到了霜降前後也能初見瑞雪了。瑞雪兆豐年，冬季雪越下得多，來年秋收一定歲登大有，根據老農們的經驗，雪深一尺，蟄伏的蟲豸螟蝗就向下深入三寸，如果一冬得雪四尺，來年田裡稻穀就不會遭受蟲害蝗禍啦。又說瑞雪初降，可以驅散冬瘟，所以一飛雪花，雖然落地即溶，談不上什麼賞雪觀景，可是初透嫩寒，一股子清新開爽之氣，是夠人們怡然含吐、游目舒懷的呢！

北平初雪，氣候尚非十分凜冽，六出初降，霏蕤著地，一片泥濘，俗稱濕雪又叫霄雪，是很少有人外出尋梅訪勝的，一般騷人墨客，也不過是生起一隻紅泥小火爐，旨酒佳肴在爐，喝喝酒作作詩，聊以遣興而已，要到大雪紛飛，積雪盈尺，才是外出賞雪、悅目賞心的美景良辰呢！早年三海御苑深鎖，劃為禁區，大眾尚不能入園觀賞，只能在金鰲玉蝀橋憑欄遠眺瓊島春陰雪後的景色，近處賞雪差不多是到積石潭、什剎海，遠點那就要出西直門到香山西八處，欣賞所謂翠微積雪了。

民國十七年舍親李榴孫初來舊京，住在舍下，有一天大雪初霽，他忽然雅興大發，拉著我一定要去西山賞雪，剛巧他的摯友林庚白興致勃勃趕來，約我們到頤和園去看雪景。庚白名學衡，又號眾難，他對自己的詩，評價很高，認為杜甫的詩恪於時代，境界有欠恢宏，不得已他這位摩登和尚只好忝居第一了。對於詞的方面他倒是自愧不如李榴孫的博雅雄奇，同時他倆對於命理的研究，各有獨闢的見解，林著有《人鑑》，李著有《新命》，妙理玄機，互相傾慕，所以林、李旅平期間，過從甚密，如果西郊賞雪，兩人說詩談命，頓忘時晷，我們就要關在西直門外關鄉的雞毛小店過夜了。所以我提議到景山賞雪，景山的綺望樓是城裡最高曠幽敞的所在，他們二位很久以前就想看看景山明思宗殉國的那株劫餘古柏了，於是欣然同往。瑞雪初霽，靜宇無塵，林木明秀，景物澄鮮，眺望故宮，迴環九闔，金翅明廊，銀光皚皚，如同處身琉璃世界，兩人相顧大樂，於是我們三人就在複殿一角以浮屠令聯起珠來（聯珠遊戲，是榴孫發明的，古人聯句，我們聯字，下一字只求能跟上一字聯來講得通即可，往往能得絕妙佳句，調寄《浮屠令》由一字到七字，也是榴孫研究出來的小令）。當時聯了七八闋《浮屠令》，可惜事隔四五十年，一闋也記不得了。

民國二十三年仲冬，家姊荷疇在北平借薊若木世丈西山別墅養疴，大雪初歇，霜風冽冽，我陪力伯京大夫上山，做例行檢查，順便帶了些牛羊肉片、烤肉作料，打算看完病在鐵紗環護的夾室走廊上，用平日積存的松塔當木材烤肉吃。庭階有幾株老梅，枝幹枒杈，經雪凝寒，徐吐冷香，加上炙肉，合蔥配荽，膏潤腴香，風送戶外，真能香聞十里。碰巧北平戲曲學校金仲蓀校長陪同程御霜到西山來賞雪健步，時屆近午，饑火中燒，突然聞寒梅炙肉，氣味芳烈，跟左鄰幻園（葉遐庵別墅）看門老頭兒打聽，知是我在吃烤肉，彼此熟人，於是他們叩門而入，做一個不請自來的不速之客。御霜是梨園中有名的「酒嗓」，酒越喝得多，嗓子越嘹亮，看見鈙子旁邊有鄉下燒鍋裡的二鍋頭，既來之則安之，頃刻之間最少也有半斤老白乾下肚，酒酣耳熱，我煩他唱一段，讓大家一飽耳福。硯秋平生最怕沒胡琴乾唱，因為抽絲墊字，非有胡琴托襯才能好聽，正在為難，碰巧舍下的王廚子送粥進來，我忽然想起王廚子在山上沒事就聽收音機，有時跟著收音機的平劇唱片拉拉胡琴，倒也有板有眼，何妨叫他拉一段試試，王廚子一聽，真是驚喜交集，他認為最拿手的是《文姬歸漢》那段胡笳十八拍，試了試琴弦，居然合轍，於是就唱將起來，其中雖然有幾個小腔托得有欠嚴密，可是一氣呵成，招引得若干踏雪的戲迷站在門外雪地上靜聆雅奏。後來被劇評人景孤血知道了，還在《立言報》上寫了一篇《尋梅吃肉記》，來開程老闆的玩笑呢！

一般人只知廬山霧重，所以才有不知廬山真面目的說法，其實巘壑高寒，亂雲霰雪，景觀之美，更不是夏季廬山避暑人士所能想得到的。

戰前筆者于役武漢時期，每屆盛暑主管都要到北平避暑，順便到協和醫院檢查身體，看守老營的責任，就由在下一肩挑了。武漢匡廬雖然交通便捷，信宿可達，可是因為職責所繫，始終未能一登匡廬。有一年冬季連連大雪，武漢綏靖主任何雪竹要在廬山招待外賓賞雪，派辦公廳主任陳光祖先行上山布署，陳約筆者同行，一路冰霜皚皚，反而覺得天氣澄和，風物清美，到山上就住在綏署準備的臨時賓館。一夜朔風，推窗遠望高巖峻壁全部換上銀裝，簷溜冰柱，恍若水晶球簾，架空一條條的電線，每根都積雪盈尺，堆玉拂雲，香引輕飈，這種玉髓飛瓊撲人眉宇的況味，有一種令人說不出的高爽清新感覺。下山之後跟人談起，大家都認為嶄巖高寒、堅冰凝沍，當然不如夏季的修竹夾池、草木明秀令人心曠神怡，其實廬山冬雪之美，沒身臨其境的人是體會不出來的。

民國三十四年勝利復員，資源委員會調派我到熱河北票煤礦參加沉泥掘窟復建開發工作，因為業務關係，經常往來平、津、錦州、瀋陽等地。農曆歲除，從北平趕回北票，行裝甫卸到餐廳就餐，同仁攜眷的少，大眾都參加伙食團，餐廳寬闊，可以容納四五百人同時進餐。戶牖弘敞，窗前走廊，臨時都鋪上嶄新的蘆席，廚師們一個個據案臨窗，揉麵、擀皮、拌餡、包捏，包好之後，向窗外一擲，立刻堅挺，凝成冰球。小時聽說東北隆冬冷得怕人，站在松花江橋上憑欄啐唾，掉在結冰的江面，凍成一團，能滾多遠，當時以為過甚其詞，現在親眼得見，方信古人之言，尚未我欺。

飯後整理報告，深宵方睡，晨興已是聲聲爆竹丁亥新年，急欲趕往小寮的會議廳參加同仁團拜並參加午宴，不料一夜大雪，深可三尺，大門被雪阻塞，一片銀白，四野茫然。合兩工友之力，再加上我從旁幫忙，帚鏟並用，鏟剷齊施，始終無法清除積雪，鏟開一條道路打開大門，後來還是電召礦警特務隊支援，來了二十餘位對鏟雪有經驗的人，斧鑿刀斫才得脫險赴宴。等我到達會議廳時，同仁們兀候多時，有幾位匠心巧手的同仁已經不耐煩，在庭階石欄左右，堆砌鐫鏤出兩隻勁骨豐肌、儀容偉麗、高有五尺的雄獅來了。有些愛玩雪的朋友，尤其是閩粵一帶來的朋友，幾曾見過這種鵝毛片片的大雪，也都見獵心喜，三個一群，五個一夥，堆了若干千奇百怪的雪人或動物來。工廠部門有幾位製作模型高手堆了一座高有兩丈多的七層玲瓏寶塔，堆砌成塔形之後，然後雕空，隨雕隨潑水凍實，所謂難者不會，會者不難，大約費了兩小時光景，一座鉤簷鬥角、巍峨堆空、剔透磨光的寶塔就巍然矗立在雪地上啦。入晚每一層塔心放一座不怕風雪的電石燈，繁燈點點，飛光射壁，比起看高空煙火，還覺得巨麗清新，別饒情趣，現在偶然跟朋友談起打雪仗堆雪人，當年北票堆的那座玲瓏玉琢的寶塔就在眼前打轉了。

自從來到臺灣，若干年都沒見過雪。有一年聽說梨山松雪樓一帶降雪，等到趕了去，說什麼銀沙蔽野，瑞雪盈疇，薄薄的一層飛絮流霙，已經被捷足人們踐踏得淋漓霑漬，泥淖難行了。不過有一次到高雄縣的新威六龜公幹，在當地一家飲食店進餐，遠處連峰磔豎，銀光閃爍，一片純白，據說此峰是玉山支脈，連日山中風

老古董

雪，氛霧冥冥，浮雲來去，峰巒披雪，更顯得煙雲相連，嶔奇挺秀，這種奇觀只能遠望無法登臨，而且是可遇而不可求的。來到臺灣三十多年，只有六龜遠山這場雪算是在臺灣看到的真正最壯觀的雪景了。

敬悼平劇評人丁秉鐩

看見晚報上刊載秉鐩兄突然病逝宏恩醫院消息後，起初還不敢相信，等到朋友們電告，才證實這個噩耗是真。秉鐩兄雖然年過花甲，可是平素實大聲洪，神滿氣足，在我們老人會裡，還只是少壯派的英雄，想不到半個月沒見面就人天永隔請教無從了。

秉鐩兄從小就迷平劇，他有從天津趕夜車到北平聽楊小樓《落馬湖》的豪興，我有帶著講義在臺下聽梅蘭芳唱《玉堂春》邊聽邊看功課的紀錄，當時北平有位劇評人景孤血說我們兩人是平津的戲迷。這個玩笑後來連上海《戲劇旬刊》主持人張古愚也知道了，還寫了一篇《平津兩戲迷》登在《戲劇旬刊》上，開我們的玩笑呢！從《戲劇旬刊》創刊號起，古愚兄約我給他寫北平梨園掌故，我用茅舍筆名每期給他寫兩三千字，一直到《戲劇旬刊》停刊迄未間斷，一百多本旬刊，因為來臺灣是乘飛機，無法攜帶，全扔在北平了。有一次跟秉鐩兄閒聊天，他說《戲劇旬刊》他有全套也沒帶出，不過茅舍談劇，還有我給毛世來寫的香扇墜兒詞二三十闋，以及我給毛五兒照的《賣餑餑》、《十二紅》劇照都剪下帶來，可是不記得塞在什麼地方了，等發現後影印一份給我，可惜這段文字的承諾，也成廣陵散了。

秉鐩兄人緣好，治事之所又遠在臺北縣新莊，公私栗六，平素也很少機會相晤。上月他忽然給我打來一個電話，說盧燕的母親李冬真女士不久八旬正慶，旅美友好由童軒蓀發起徵文祝壽，知道當年李跟琴雪芳組班時，盧母的戲我聽過不少，所以託秉鐩兄讓我寫一篇祝壽文章。稿子寄美月餘，昨天剛收到童兄覆函，本想跟秉鐩兄通個電話，告訴他一聲，誰知他竟蒙主寵召鶴馭離塵了呢！

秉鐩兄人極風趣，出語幽默，畢生致力戲劇文化事業，關於梨園消息，知道得又快又準確，報紙一經刊載，莫不先睹為快。今後去文藝中心顧曲聽歌，緬懷秉鐩兄的音容笑貌的人，恐怕不只區區在下一人呢！秉鐩兄安息吧！

也談痰盂

前兩天梁實秋教授在本刊寫了一篇《痰盂》，把我五十年的陳痰也勾起來了，痰盂究竟是什麼朝代產物，一時考證不出來，總之其源甚古就是了。

當年在大陸，無論大宅小戶，凡是來客起坐的地方總有一隻或一對痰盂，以供客人痰嗽或搕煙灰之用，冠冕人家大廳正中匟床之前，一對二尺多高白銅痰桶是不可少的用具，也可以說是擺設，少了它好像短點什麼似的，至於臥房書室也少不了有一隻或一對放在適當的地方來供使用。

無論中外，不分古今，人皆有痰，不過吐的方法不同而已。洋人表示禮貌，把黏痰吐在紙中，團把團把塞在口袋裡，窺便扔到垃圾箱裡去，雖然無可厚非，可是吐在手帕裡歸遺細菌，不但不人道，而且想起來也噁心。當年福開森曾經說過：「中國人用痰盂吐痰實在高明，如果怕不衛生，痰盂裡灑點消毒藥水，再加上個蓋子，豈不是盡善盡美了嗎？」後來北平有些洋機關，真的照樣如儀，尼克森、毛澤東在居仁堂會談照片上在二人中間赫然矗立一隻古色古香的痰盂，可見專講唯物論的共產黨徒，對於痰盂還認為有利用價值呢。

大陸豪富之家，客廳裡一對銀光晃耀的白銅痰盂，是必不可少的點綴品外，極普遍的也有一對藍邊白搪瓷的擺著，至於彩色花紋，粗細高矮形式不同的搪瓷痰盂所在多有，大半俗不可耐。只有一次筆者行經騾馬市大街，遇上一檔子運嫁妝行列，其中有一台上用粉紅綢子綁著一對搪瓷痰盂，大紅顏色，一面是撚金的雙喜字，一面畫的是麒麟送子，彩色柔麗，是筆者所見搪瓷痰盂裡最出色的一對了，此後就從沒見過那樣工細鮮豔的搪瓷貨。

當年英國駐華公使朱爾典公使館客廳，有一隻白地青花古樸蒼渾的瓷痰盂，放在條案正中，上面插著雀翎潮扇，顯然他是把痰盂擺在那裡當花瓶來用了。那個痰盂底部既無款識，更無圖記，據朱爾典公使說他是從地安門大街一個小古坑鋪買來的，經過對瓷器有研究的名家鑑定，是前明大內皇帝御用品，因為痰盂放在地上供吐痰，屬於一種穢器，不敢燒上年號，以免有汙聖德。所說不知是否屬實，不過當年逛故宮，確實沒見過有痰盂陳列，是否因為痰盂與溺器同列為穢器，未能列入展覽之林，不知道現在外雙溪故宮所藏器皿中有痰盂一項否？

梁教授還談到了一種小型痰盂，放在枕邊座右，無傾覆之虞，有隨侍之效，舍間管這種精巧小痰盂叫唾壺。北平有一家專燒景泰藍的專業作坊叫老天利，自產自銷，色澤深厚，鑲嵌纍然，他家有一對景泰藍唾壺，通體純藍用金銀鑲嵌的百壽圖，銅絲顏料跟胎骨熔合無間，雕剔磨光，大家都斷為明景泰年間高手製品，店主也不肯輕易示人。抗戰軍興，北平淪陷，老天利、中興兩家一些景泰藍精品，也都被日軍巧取豪奪據為己有，那對真正明朝景泰藍百壽圖圖案的唾壺，被華北駐屯軍囑託得去，當然這對珍品最後變成日本皇軍勝利品啦。

舍親劉世衍，安徽貴池人，清末做過一任度支部右參議，後來以遜清遺老自居，終其身不剪辮子，就是他的少君公魯，在上海出入歌台舞榭，也是拖著一條大辮子，怡然自得。此老有一癖好，喜歡搜集小型唾壺，奇矞敻絕，無美不備，大概他收藏的有百餘隻之多，鑲金嵌玉、螺鈿剔紅，歷代名瓷都不算稀奇，他有三四十隻歐洲各國製的細瓷唾壺，風景人物、走獸飛禽、敷彩鏤花，絢豔悅目，派有一伶俐書僮專任洗滌拂拭。每晚睡前選出五隻，用裱心紙捲成紙筒墊在壺內，次日沾汙再行洗換，令人疑惑不解者，是歐美人士有痰物吐入手紙手帕，從沒見過他們使用大小痰盂，劉府何來若干技巧橫出瓷製唾壺呢！令人難以猜透。

近十餘年來臺灣房屋建築格局式樣，日新月異，客廳書室起居間，已經沒有安放痰盂的適當位置，擱在哪個壁角牆根都不順眼，何況市面上各大百貨公司已少有痰盂出售，鄉鎮市廛偶或有售，也都粗劣不堪，難登大雅之堂。好在筆者從小養成不吐痰習慣，碰上傷風感冒，多去兩次衛生間，問題也可解決，痰盂！痰盂！再過十年八年恐怕已經成為歷史上名詞了。

年畫瑣憶

前幾天到老友張宇慈兄府上聊天，正趕上他開衣箱取皮襖來禦寒，他在翻箱底發現有幾張從大陸來臺灣帶出來的年畫，每張畫的右下角，都蓋有戴連增監製的小墨紙，因為盡是用細蒲草簾子裹著，不但沒有破皺，就連顏色都沒變。

一張是「吉慶有餘」，一個肥嘟嘟胖小子，頭上紮著兩個抓髻，脖子上繫著一件鑲黑雲頭的大紅兜肚，懷裡抱著一條歡蹦亂跳的大鯉魚。一張是闔家三十晚上接財神包餃子的年景，孩子們穿著棉襖棉褲摀著耳朵點放太平花二踢腳，男士們皮袍馬褂，在院裡天地桌前擺供上香磕頭，屋裡爐火熊熊，婦女們老少咸集，有的坐在炕頭上包餃子，有的捧著一簸箕包好的餃子，正準備送到灶火前去下鍋，另一位婦道正站在灶台前用漏勺盛餃子往盤子裡放。全家熙熙融融，正是北方一般家庭除夕的年景。

另外一張是《七俠五義》說部中一段故事「黑妖狐夜探沖霄樓」，襄陽王把白菊花晏飛盜來的皇上的冠袍帶履，放在布滿各種機關的沖霄樓上。黑妖狐智化夤夜登樓，不幸被樓上月牙鍘刀把身子卡住，幸虧有百寶囊掛在小腹之上墊住，皮膚雖未受傷，可是一時無法脫身。他的徒弟小俠艾虎，借來義父歐陽春七寶刀，打算用寶刀削毀月牙鍘刀搭救師父脫險，王府的王官正擬登樓拿賊，艾虎的緊張，智化的焦急，都躍然紙上。

我看了這三張年畫除興奮之外，恍然如對故人有無限親切之感，在臺灣想看中國歷代古畫，所在多有，可是想看一張年畫，確戛戛乎其難了，我想這些年畫如果給現在從事影劇電視的朋友看到，那對服裝、道具、布景的設計，可能有很大的幫助。

近十多年來，臺灣對古老的民間藝術，雖然發揚提倡不遺餘力，近幾年剪紙藝術已有蓬勃的發展，可是當年流傳最廣、大宅小戶都歡迎的年畫，反而很少人提及了，再過些年，什麼是年畫，恐怕都很少有人知道了。

年畫的發源地，在天津的楊柳青、勝芳一帶，據說在康熙年間楊柳青戴家是專門在庵觀寺院畫棟雕樑上，繪畫樓臺殿閣、翎毛人物、花鳥蟲魚的畫匠。他們繪畫多半在簷檻錯落、高閣凌空的地方仰頦懸肘工作，比起展紙平鋪作畫，不知要難上多少倍。偏偏戴家能夠匠心巧運，繪畫出來的不但色彩鮮明，而且栩栩如生，傳到戴仲明、戴叔明兄弟，因為寺院的油漆彩畫工程時冷時熱，所以平日沒有工程承包時，就畫年畫來維持生計，他畫年畫分離版、印刷、上色三個步驟。除了離版、印刷由他們兄弟二人自行操作外，上色就由家人分任其勞了。

從仲明兄弟創作年畫大行其道後，楊柳青的年畫作坊多到二十多家，可謂盛極一時，傳到戴連增，對於著色方面更是精益求新，年畫貼在牆上一年，仍舊色彩明豔，毫無褪變。從此戴連增成了店號，戴連增也變成年畫的代名詞——買年畫沒有不知道戴連增的。

戴連增的年畫，全盛時代行銷遠及山陝甘綏，可是一過黃河就沒有戴連增的年畫賣，甚至於連年畫這個名詞也不大有人知道了。筆者在蘇浙皖湘鄂贛等地過年，就從來沒看見過年畫，有之只是英美、南洋幾個大捲煙公司，請曼陀𦘦光幾位名家畫的美人風景畫片而已。至於戴連增的年畫為什麼不能南銷，據我猜想大概楊柳青一帶所畫的年畫，完全是描繪北國風土人物，地方氣息太濃，跟江浙的風土習慣各異，不太合於南方人的胃口，所以銷路不能逾河而南吧！

在平津一帶，一進臘月就有沿街叫賣年畫的了，齊如老生前說：「北平市聲茹柔吐剛、抑揚頓挫，最好聽要屬叫賣茉莉花、鮮菱角，跟叫賣年畫的了，儘管叫賣的人粗壯闇鈍，可是聲調鏘錚，令人有一股子親切俊爽勁兒。」一凡是聽過這三種市聲的人，可能都認為齊如老所說的確有點道理。下街叫賣年畫的，穿街過巷身上背著一捲蘆葦簾子，你別看捲兒不大，打開來可是包羅萬有，什麼《彭公案》、《施公案》、《白蛇傳》、《濟公傳》、《七俠五義》、《小五義》一類說部故事的年畫，靡不悉備；什麼發財拱門、迎神接福、豬肥還家、招財進寶吉祥話的年畫，反而貨色不多。因為叫賣年畫的，多半轉來轉去總在大宅門前吆喝，一些小少爺們，一聽賣年畫的吆喝，就跑出來把賣年畫的圍上，葦簾子鋪在上馬石上，一挑就是十來張，還有論套買的。

買了那麼多年畫，可沒見大宅門誰家的客廳、書房花廳貼著全套說部或是整齣京腔大戲年畫的，那他們買的年畫貼在什麼地方呢？北平的深宅大院，前後都有大玻璃窗，每天掌燈的時候，都要覆上木製的護窗板（**這個工作是打更守夜更房裡人的專責**），所有年畫就都貼在護窗板裡扇上了，孩子們晚上沒事就可以在前後窗上盡情欣賞了。

一過臘八，拿北平來說，東四、西單、鼓樓前的空地廣場，就有人雇工搭起蘆席棚子賣年畫了。據說段兒上（當時該管警察機構叫段兒上）僅收極少數費用給消防隊，就核發臨時准建執照，就可以搭棚營業了。雖然棚子大小要依地勢而定，可是高度都在兩丈開外，因為年畫要一層靠一層的用小線綳掛起來，才能在大煤氣燈照耀之下，得瞧得看供人選購。當年在北平，年根底下逛年畫的畫棚子，正月間逛古畫的畫棚子，也是有錢有閒階級人士一種消遣享受呢！

畫棚子裡的年畫，都是整批從產地躉來的，所以比沿街叫賣的貨色可齊全多啦，尤其討口彩吉祥年畫，跟俏皮話歇後語的年畫，可以說五花八門應有盡有，從臘八到祭灶半個月時間，雖然幾個銅元一張，積少成多，還真掙不少呢！小戶人家把年畫買回去，各處亂貼，尤其是大匠兩旁真有貼上十張八張的；至於大宅門買回去的年畫，就成為門房、更房、下房牆壁上的點綴品了。

當年孫家驥兄在世的時候，筆者知道他天地財神門神灶君月宮禡兒，甚至於北平的電車票、中山北海公園的門票、各大戲園電影院的入場票全帶到臺灣來了，唯獨年畫一張也沒帶出來。宇慈兄這三張年畫，雖然不敢說絕無僅有，可是也不多見了，至於後來有人把年畫用石印或彩色套印來賣，因為純樸鄉土氣息蕩然無存，也就沒有人把它當年畫去欣賞光顧啦。

清宮年事逸聞

老古董

中國自夏禹時代稱農曆十二月為嘉平月，後來一些文人墨客，喜歡「風雅」一番時，就沿襲舊稱管農曆臘月叫嘉平月。清代對於歲時的一年兩節異常重視，一到臘初就準備忙年了。

賜福　依照清代定制：「列聖於嘉平朔，謁闡福寺，歸，御建福宮，開筆書福字箋，以迓新福，御乾清宮西暖閣，召賜福守。……」清朝二百六十八年天下，歷代帝王都恪遵祖制，在祝祭還宮，書丹迓福，選賜臣下，這種賜福，是特賜殊榮，跟一般賣福壽字不同，能膺懋賞的只限於近支王公、內廷供奉（南書房、上書房師傅們）。當皇帝拿起斑管，蘸飽濃墨，在朱紅雲龍錦箋上，揮毫書寫尺餘大福字的時候，蒙恩的王公大臣，就跪在御案前俯伏受福，左右各有一個內監展紙，在動筆時，就連六叩首，寫完末筆，要正好叩完俯伏，此時墨瀋未乾，兩個內監將御筆福字伸展平托，從受賜者頭上捧過，這個動作，需要從容鎮定，時間拿捏得恰到好處，才能雍穆得體。據清宮內監們說：「翁師傅同龢每年都有這種殊榮，頗諳此道，行禮謝恩，非常從容有度。有一年大學士王文韶也獲得這份榮典，此老重聽眼花，腿腳又欠俐落，磕頭後頂子正好跟福字相撞，墨瀋染及鬚眉，他固然十分尷尬，引得殿上諸人也都笑出聲了。」至於內廷翰林和乾清門侍衛，也有蒙恩賜福的，不過那就是如意館供奉們把福字寫好，做成漏斗，用細粉漏在彩繪的錦箋上，寫字的人只要筆飽墨酣像描紅模字描下來，自然勁骨豐肌，龍飛鳳舞，躍然紙上。此即宮內所謂雙鉤福壽字，比起真正的御筆，價值就差遠了啦。

到了光緒二十六年歲次庚子的十二月，恰逢拳匪之亂，慈禧、光緒倉皇離京，在西安蒙塵，當驚魂甫定，忽然想起這一項祖宗定制，乃於十二月二十八日，補寫福字賞賜臣下。本來外官非年高德劭開府一方者，是沒有資格蒙賜福字的，但那年因為洋鬼子逞凶，聖駕避地在外，為了撫綏辦差勤王諸臣，也就不遑顧及什麼定制，甚至陝西按察使馮光遹、布政使胡湘林，連四品的西安府知府胡延都得到御筆福字一方，受賞的人都嘆為異數。按照以往的情形，如果皇帝高興多寫了幾個福字，就把它封存在乾清宮裡，等到下一年冬天，再賞賜御前侍從、軍機大臣，這還有個名堂叫「賜餘福」，也算一種殊恩呢！

臘八粥

自古傳說臘月初八是佛教始祖釋迦牟尼證道的吉日良辰，所有信仰佛教的人，對於臘月初八都稱之為佛臘，又叫臘八節，臘八那天，佛門弟子要用豆果黍米熬粥供佛，說是喝了佛粥，可以上邀佛祖庇佑。自從佛教從印度傳來中土，各大禪林寺院，都在臘月初八那天清晨熬粥供佛，不但五穀雜糧靡不悉備，為示誠敬，還要加入各樣珍貴乾果，所以又叫七寶五味粥。中國民間喝臘八粥，始於漢武帝時代，到了盛唐過臘八節啜臘八粥的風氣，曾經盛極一時。有清一代，是信奉佛教的，到了康熙中葉，天下承平已久，物阜民豐，康熙對於漢武、貞觀又是特別崇拜的，於是由御膳房大量熬粥，頒賜有功臣僚供佛，以示榮寵。據說熬粥之前，要由皇太后或皇后先行把粥米、粥果的品質、分量，逐一檢視，時刻一到子正，就開始下料熬粥。宮廷熬製的臘八粥，粥料是糯米、小米、紅豆、玉米糝、高粱米、大麥仁、苡米，粥果則有乾百合、乾蓮子、榛瓤、松子、杏仁、核桃、栗子、龍眼、乾紅棗等，先把紅豆洗成豆沙，把紅棗煮熟剝皮去核，棗皮、棗核用紗布包起來煮水，澄出湯來倒到粥裡一塊熬粥，棗香柔曼，入口怡然。粥果裡的百合、蓮子、栗子，要跟粥料一齊下鍋，至於其他粥果，例如除去皮核的紅棗、松子、杏仁、榛瓤、核桃、龍眼乾，都剝皮另放，等喝粥時再自取所需。

供佛祭祖所用容器，照宮中規定，供佛祭祖賞賜臣僚，沒有用碗盛的，一律使用粥罐，同時粥罐裡只准放紅糖，不准放白糖，究竟是什麼原因，誰也說不出所以然來。同時因為粥罐面積大，粥面易繃皮子，有巧手嬪妃宮眷，用山裡紅、荔枝、龍眼，配上松子仁、瓜子仁，做出各種款式花鳥蟲魚，彷彿蒸炰炙鳩鱗鬣宛然，放在粥皮子上，真是上方玉食，令人嘆為觀止。雍正即位之後，每逢臘八賜粥，更令官窯特製一種白地青花瓷粥罐，遍賞親貴近臣。後來有人無意中發現，這種瓷罐注入清水養植矮枝芍藥，比起一般尊彝罍卣可以多耐時日，這一傳說不要緊，那些平素不被人重視的瓷粥罐，都變成琉璃廠古玩鋪的珍品啦。供佛祭祖完畢，凡是住有后妃貴嬪的宮院，廊前檻外，古樹柔枝，都要在虯幹花根濃濃澆上一勺臘八粥，還要分別在花木枝幹繫上一縷綵帶，傳說不但可以避邪，到了獻歲發春，莖幹茁旺，而且葉茂花繁，是否真有那回事，只有天知道了。

臘八賜粥，是由太監同蘇拉拎著提盒分送各宅邸的，太監、蘇拉來臨，舉家大小按人口各致敬使車力一份，所以當時紅太監，專挑人口眾多大府邸去送粥，至於人少口薄的人家，就歸不走紅的太監去辛苦了，一個臘八節下來，宮監們敬使所得，為數也非戔戔，正好過個肥年呢！近支王公、椒房貴戚於謝恩領粥之餘，也要把自己家中所熬臘八粥呈獻內廷品嘗，上賞臘八粥，恩出自上，可以孤零零果粥一罐，而且還要磕頭如儀。進貢的臘八粥則為了藻飾增華，還要陪襯上兩菜兩點，名為供養佛前，為主上增福增壽，所以菜點純用淨素，這對一些勳戚貴藩雖然毫無所謂，可是對家境清寒的臣僚來說，的確是一項不大不小的負擔呢！

溜冰　清朝宮中盛行這種遊戲，宮裡稱為冰嬉，據說早在民國紀元前九百年北宋時代就有了，宋史裡就有「幸後苑觀花，作冰戲」的記載。清朝不但把溜冰視為一種運動和娛樂，而且注重演習競技，北平北海公園的漪瀾堂，就是當年乾隆觀賞冰嬉的場所。乾隆有「御製太液池冰嬉詩」刻在楠木匾上，懸掛在漪瀾堂正殿中，御製詩注裡說：「國俗有冰嬉者，護膝以芾，穿鞋以韋，或底雙齒，使謟凌而不踣焉，或踐鐵如刀，使踐冰而步逾急焉。」並指出：「每冬，太液冰堅，令八旗內務府三旗，簡習冰技，輪番閱視，按等行賞，所以簡武事而修國俗。」由此看來，清代溜冰，雖然說是冰嬉，其實無形中寓有冰上戰陣操練的含意呢。乾隆看冰嬉，有時高興也到波凝如鏡、積雪堆雲的太液池中，觀賞八旗健兒在冰上星馳電掣、爭先奪標的盛況。

有一種在冰上滑行的冰床供御駕乘坐，宮中叫雪橇，民間叫冰排子，冬至過後，天池凝沍，北、中、南三海，就有內苑安排的冰床在冰上行馳，一交立春，就全部停馳，否則春冰脆裂，陷入冰窟，就無法救援了。王公大臣之奉召入園覲見的，亦准乘坐冰床，《燕臺竹枝詞》記感：「玉虹一過縠紋平，過處微聞細碎聲，短綆獨牽停不住，往來宛在鏡中行。」雪晴日暖，飄雪拖練，玉龍趫趄，個中滋味，沒坐過冰床的人，是不會領略得到的。乾隆對他的生母孝聖憲皇后孝思純篤，這位皇后對於觀賞冰嬉興趣極濃，每年冬至過後，乾隆必定隨侍母后，在西苑三海觀賞一次盛大冰嬉，由御前侍衛率領八旗兵丁，赤幘戎冠，張弓挾矢，幢牙崇纛，鳴螺撾鼓，在冰上奔馳，迅疾如飛，攻防轉側，變幻迷離。皇太后所乘雪橇以黃緞為幢，狐裘貂褥，九色斑龍，亦舟亦輦，由八名冰技健兒，或推或挽，往來馳走。對於參加健兒，論技行賞。乾隆有一首御製冰床聯句詩：「拖床碾出閱兵嬉，走隊櫜弓五色旗。黃幢居中奉慈輦，罽幬貂座日舒遲。」詩中把冰嬉描寫得很具體入畫，足證當時是如何熱鬧了。

慈禧在十全老人之後，是最懂得如何享樂的了，每年冬天也要觀賞冰嬉。她讓內務府訓練了一批冰上健兒，分為紅黃兩隊，個個提衣齒履，身手矯捷，健步爭先，超軼絕塵，既有奪標競速，更有戰鬥演習，冰上滑行，有如蜻蜓點水紫燕穿梭，技巧橫出，令人目迷。

還有一項冰球競賽遊戲，又叫蹴冰。《帝京歲時記勝》說：「金海冰上作蹴踘之戲，樹旗門，整編伍，每隊數十人，各有統領，分位而立，以革為球，擲於空中，俟其將墜，群起而爭之，以得者勝。或此隊之人將得，則彼隊之人，蹴之令遠。歡騰追逐，以便捷矯勇為能，將士用以習武，昔黃帝作蹴踘之戲以練武，蓋取遺意焉。」照以上說法，中國冰球，有如現代足球、籃球、橄欖球三者綜合運動，不但手腳並用，而攻守多方，比起現代冰球打法，豈不更為豐富多姿，可惜國人崇尚西法，中國踢冰球的一套技巧，就湮滅失傳了。

民國十六年北海開放闢為公園，冬季太液池上冰結三尺，五龍亭、漪瀾堂、雙虹榭三處，都設有溜冰場，都門士女雲集三海，各顯身手，綺袖丹裳，絨衣革履，奇裔夐麗。其中有位鬅髮鬖鬖，皤然一叟，短襖窄褲，足下一副式樣特別的冰刀，在粉白黛綠中盤旋遊走，一會兒「單雙扯旗」，一會兒「哪吒探海」、「鳳凰展翅」、「野馬分鬃」、「金雞獨立」、「裡拐外拐」、「帶上走下」，花樣百出，變化莫測，他這種無倫妙舞，惹得一些冰上好手，全部暫停滑溜，紅袖扶檻，褐袖憑欄，佇立而觀。等這位老人興盡離場，大家才恢復冰上的追逐。此老就是當年內務府訓練出御前觀賞的冰上健兒，偶或到球場來舒散筋骨的，自從抗戰軍興，此老就未露面。如今事隔多年，料想此老早已駕返道山矣。

辭歲賀年　一夜連雙歲，五更分二年，宮廷對於辭歲比元旦朝賀更為重視，早在祭灶前後內務府就奉帝后口諭，列單通知進宮辭歲的人員了。辭歲多半是近支王公、大臣、內戚，並且是攜眷入宮，皇帝、皇后多半是在養心殿便服接受大家辭歲。辭歲行三跪九叩禮，每人賞賜小型平金或繡花荷包一對，荷包裡是六七分長金銀小如意各一枝，紅豆大金銀小元寶各一枚，雖然份量都不重，可都鑄製得玲瓏精巧，領賞之後要當時掛在襟頭上所謂帶福還家，然後依序到各宮辭歲，也都有荷包賞賜，荷包裡的物件可就厚薄不一了。薄暮進宮趕到出宮，已經萬家燈火了。皇帝向來跟皇后是分宮而食的，只有除夕是同桌共飯的，如太上皇、皇太后尚在，皇帝、皇后也要趨庭侍宴以示團圓的意思。清例每年元旦，皇帝一交寅初，就要朝衣朝冠在乾清宮升座，由御前大臣跪頌吉祥之後，侍衛送上吉祥奶茶，喝完立刻起駕，出日精門，到上書房東邊的聖人殿，其實只是一間不甚寬敞小屋，在大成至聖先師孔子神位前行過大禮，然後乘輿到堂子祭神，祭神還宮，接受王公大臣們的朝賀，最後才輪到后妃貴嬪們遞如意頌吉祥呢！

捧元寶 民間叫吃水餃，滿洲叫吃煮餑餑，元旦起宮中要吃五天煮餑餑，不過初一要吃素餡，初二起才動葷，據說元旦祭堂子，所祭都是天神，尤其滿洲信奉的紐歡召吉、武篤本貝子，天生素食，為了表示虔誠崇敬，所以持齋茹素一天。中國大江之南，以正月初五為財神日祭財神，北方祭財神是正月初二，祭財神開葷吃煮餑餑，又叫捧元寶。這頓元寶餃子，以慈禧來說，一定是率領隆裕皇后、珍瑾兩妃、瑜珣瑨妃以及公主格格、常侍左右的宮眷命婦們親手包製，說是捏住小人們的嘴，免得胡說八道，同時把一隻特製的小金如意，隨意包在一隻煮餑餑裡，善於逢迎的內監像安德海、李蓮英者流，早把那隻有彩的煮餑餑默記於心，那隻金如意必定是太后老佛爺吃出來，大家又一致歡呼老佛爺吉星高照，一年四季如意吉祥，而老佛爺自信福分比別人都大。光緒戊申年正月初二捧元寶，老佛爺竟然沒吃出如意來，當然心裡不舒服，問過大家，都說沒吃出來，其實是隆裕皇后無意中吃出來，而不敢聲張，偷偷遞給李蓮英，李說煮餑餑可能有煮破的掉在鍋裡，由李作為在鍋裡撿出呈覽，才算了卻這件公案。

耍錢 清代末葉，雖然民間已經時興打麻將牌，可是此風始終沒吹入內廷，宮裡正月的消遣主要是打紙牌，或摸索胡或打十胡。紙牌是內廷自行印製的，紙張光滑柔韌，條索萬的花紋更是斐韡奐爛，偶或有一兩副流入民間，愛玩的人都視同珍寶。

玩天九牌則人少打天九，人多則推牌九，擲骰子則花樣更多，有時也跟格格、阿哥們搶狀元、擲陞官圖。可是元宵到正月十八落燈，就算年過完了，再有內監宮娥諸色人等玩牌、擲骰子，就算犯了賭禁，輕則杖責，重則逐出宮廷，比起民間抓賭，可嚴格得多啦。鬧完花燈年事已畢，要看火樹銀花，就要再等來年了。

老古董

我看《乾隆皇與三姑娘》

前兩天看了一場李翰祥導演的《乾隆皇與三姑娘》，古人說：「天下文章一大抄。」李翰祥真可算文抄公的能手了。從皇宮挖地道，直通暗娼的私窠，銅鐘一敲，眾皆迴避，這完全是宋朝道君皇帝跟李師師一段風流韻事，現在錯裝榫頭，愣按在十全老人頭上。雖然乾隆也是位風流天子，可是尚不致荒淫到如此不堪，電影有些鏡頭固然是要擴張誇大，增加喜劇氣氛，可是未免厚誣那位皇帝老倌了。三姑娘是蘇州佳麗，前朝美女講究揚州頭蘇州腳，三姑娘既然是蘇州人，為了求真，不但踩上蹻，而且一再用特寫鏡頭，照出裙下雙鉤，甚且從紅嘴綠鸚哥聯想到鳳頭弓鞋，冷雋、幽默、細膩，都是李翰祥獨出心裁引人入勝的地方，確實非一般粗心大意導演所能望其項背的。

前半部乾隆微服出宮，有一個遠景映出清宮神武門筒子河「轉角樓」鏡頭，雖然是個假景，好像無關宏旨，是個贅筆，其實這才是李翰祥高人一等的地方。有這個鏡頭，才顯示乾隆是從這個黃圈圈兒出來的，否則突然在三姑娘臥床後顯身，就令人莫名其妙了。

傳膳一場戲，是李翰祥故意賣弄之處，不料弄巧成拙，成了全劇敗筆。按當年清宮一聲傳膳，御膳房早就把所有菜式全部割烹就緒了，一一盛在不怕燒的砂煲銅罐裡，排列在極厚的熱鐵板上；上面再覆蓋一張同樣鐵板，上下都用炭火烤著，由御膳房雜役抬到遵義門的門道，再由當值的小太監抬進內宮，撤去鐵板，把煲罐菜肴倒在細瓷的器皿裡排在餐桌上。皇帝用膳寶座是設在長桌的一端，並不像電影裡，皇帝居中而坐。這幕傳膳本是可有可無的，李導演為表示手法氣魄，所以不惜工本安排這場戲。電影雖不必引經據典，如今去古未遠，一切有古籍圖片可查，所以也不能太離大譜兒。如果隆冬傳膳，從御膳房捧到御前餐桌上已經冰肴凍饌，還能供上享用嗎？

乾隆在三姑娘面前誇耀御膳房組織如何龐大，由幾位大臣經管，其實御膳房是屬於內務府管轄，有司官總董其事，倒是監廚由太監的都總管派有總管、首領，逐級監廚，防範非常周密而已。

戲裡的乾隆皇把「蘇拉」說成小太監。清宮「蘇拉」都是一些正常人，在清宮外庭擔任雜差，等於大宅門三小子，因為沒有淨身，為了防閑，足跡是不准踏進遵義門一步的。

李翰祥導演清宮戲，一向是力求翔實認真，就拿髮型來說吧，戲裡男人一律剃成光頭，然後戴上頭套，腦門上留個青色的月亮門，寫實逼真，令人看了有一種真實感。像李昆、姜南、詹森、秦煌一些硬配角，固然是如法炮製，就連戲裡的主角劉永也不例外。香港電影界導演要求嚴格，演員忠於藝術精神，不能不讓人肅然起敬。

反觀臺灣各電視台的連續劇裡，凡是演清代戲的男士們，前額用頭蓋滿，有的正中還留一個小髮尖兒，鬢角長可及腮，辮子從頭頂心就編起辮花來了，後腦勺子因為頭髮太長，無法隱藏，披散在脖子上，看起來不男不女，亦男亦女。照他們護髮精神來看，固然可佩，就忠於藝術來說，可就太差勁了。《乾隆皇與三姑娘》這個電影，雖然沒有什麼高深卓礫的意境，但比一般打打鬧鬧、哭哭泣泣的電影，似乎令人有耳目一新的感覺，李翰祥導演的影片還是值得一看的。

想起了長桿旱煙袋

「萬眾」版（《聯合報》）三月二十八日刊出了《四尺長煙斗拐杖》的圖文，四月二日又有宣建人先生的一篇《沒落的旱煙袋》大作，高古奧逸，勾起了我無限懷古篤舊的幽情。

當年在大陸，必須是年高德劭、齒望俱尊的老人家，或是殷商豪富的老掌櫃，僕從如雲，小徒弟們整天在眼前頭轉，有人伺候著點煙袋，磕煙灰，才夠資格抽那可望而不可及的長桿旱煙袋。至於一般人，有一根「京八寸」（普通煙袋約為八寸長，所以叫京八寸）也就夠過癮的了。

葉子煙最有名的是「關東臺片」，產地是熱河省的寧古臺，極品臺片，煙一吸進口，能噎得人透不過氣來，煙癮不大的人，一袋煙就能把人抽醉了。抽完的煙疙瘩磕在地上，其白如銀，久聚不散。

老古董

有一年筆者去承德辦事，路過寧古臺，住在一家糧行裡，內掌櫃的是位年近六旬的老媽媽，也不避人，盤腿坐在客房的熱炕上，叭達叭達很悠閒地抽著關東煙，她的煙袋雖有四尺出頭，竹子煙袋桿，都摩挲成噌亮的紫紅色了。她獨自一人，旁邊既無使女丫環，又沒有學徒小使，我一時好奇心起，要瞧瞧她自己怎麼點上那袋旱煙。誰知會者不難，難者不會，她把葉子煙裝滿一鍋子，順過煙袋桿兒，劃一根火柴插在煙鍋子裡，邊燃邊抽，豈不是不假手他人了嗎？東北人鄉間時興抽長桿旱煙袋，據說是因為煙辣勁足，用長煙袋可以減弱辣味、火氣，這個說詞當然是頗有它的道理的。

臺灣近些年來，因為煙葉是專賣品，沒有抽旱煙原料，除了少數年老山胞，在高山峻嶺種幾株煙草晒乾揉碎，抽抽煙斗外，平地山胞幾乎都改抽紙煙了。七八年前在高雄縣南隆河川地，住的都是滇緬地區歸僑，政府輔導他們種植煙草，有一位雲南騰衝籍的老太太，把乾燥過的煙葉子揉碎，裝在長逾四尺、粗如鴿卵、瘤瘿纍纍的竹根煙袋上抽。她點煙的方法，就跟我在東北所見完全一樣，人家說百里不同風，熱河、雲南海天遙隔，相去何止萬里，想不到同樣愛用長桿煙袋，甚至連點煙的小動作都不謀而合。記得林語堂先生曾經說過：中國人總歸是中國人，一脈相傳，在某些地方必有相同之處。他這句至理名言，觀乎抽長煙袋點火柴這點小事，就可以得到證實啦。

我的床頭書

老古董

有人說住在臺北的人，家裡沒有書櫃，必定有酒櫃。筆者喜歡看書又好喝酒，照理說舍下必定是「二櫃之家」，有書櫃而且有酒櫃的了。可是實際情形，蝸居湫仄，雖非僅能容膝，可也擺不下什麼錦架棐几來安放書酒，同時勞人草草，抗塵走俗，也沒有什麼多餘時間去飲酒讀書，不過多少年來積習成癮，每晚就寢之前，需要一卷在手來招引睡魔，才能酣然入夢。有些人喜歡把日晚報帶到床上來看，在我來說睡覺之前，只看書籍不看報紙，因為報紙是油墨印刷，一不小心手被油墨污染，如果再下床洗手精神一振奮，二次上床就數綿羊，或是一遍又一遍暗誦白衣咒，也都無法成寐了。人家床頭桌，都喜歡陳列些鐘錶文玩一類小擺設，我因為沒有書櫃，又有枕上夜讀的惡習，所以床頭桌寬僅逾尺，長則逾丈，一邊是各種雜誌，種類駁雜，甚至老夫子全集漫畫也在架上庋藏，另一邊則放幾疊研究學文的書了。

今年初，在文海出版社閒逛，發現有一部近代中國史料叢刊，已出一百輯，每輯有的十冊，有的十二冊，搜集廣泛，包羅萬象，其中尤多海內孤本，百輯買全要二十餘萬元，自非我們窮讀書人所能買得起的，其中第四輯有先姑丈王嵩儒著的《掌固零拾》、第九十二輯有先祖仲魯公《期不負齋名書》（**名集雖有零售，但是我所想要的書均已告罄**），所以只好咬牙，把那兩集買了拿回來放在床頭，以便每天上床時閱讀。其中名集，還有若干想看想讀的文史資料，可惜零售均闕，我想能買全集的人大概只有機關學校了，不過他們買去之後，千架萬軸，貼封加鎖，真正能任人觀覽的，恐怕少而又少。近年來大部頭的書越出越多，書價都是我們一般措大可望而不可及的價錢，如果都能有部分零售，那可就造福士林，功德無量啦。

閒話轎子

老古董

「轎子」這種古老交通工具，現在坐過它的人，固然為數寥寥，就是偶或亮相，也不過是在電視、電影以及民俗文物展覽場合驚鴻一瞥而已。

臺灣光復之初，在高雄縣美濃、廣興、南隆、龍山、旗山一帶客家人聚族而居的地帶，還可能看見鄉間娶親使用花轎，這種花轎，也不過是蘆席編織，外加藍紅兩色油漆，轎頂懸掛一塊紅綢子，就算是新娘子坐的喜轎了。雖然轎子簡陋不堪，可是在麥浪翻風盈疇綠野中姍姍閃過，倒也別有一番古趣，可惜這種喜轎，現在在鄉間也難得一見了。

喜轎　說到喜轎，南方的轎型格局式樣，跟北方就大有不同，南方的喜轎以寧波式的最為考究。轎子本身膠漆畫鏤技巧橫出，寶蓋珠幢琉璃耀彩，只可惜份量太重，轎伕又是些未經訓練的笨漢，抬幾步歇一歇，高聲喝道此呼彼應，新人明珠翠羽的坐在轎子裡，暈頭脹腦，所受的罪可就有口難言了。北方的喜轎講究大方高雅，不尚華麗，尤其北平的喜轎有兩種不同的款式，一般老百姓用的喜轎，多半是大紅繡花的轎圍子，錫頂紅綃，流蘇四垂，更有在轎子四角，懸掛細巧鮮花彩球紛，踏步行來，香風四溢。官宦之家反而用的是大紅細呢的花轎，轎子上雖無銀飾彩，可是轎杆子漆得黑而且亮，交手纏韁鮮若丹砂，用一次換一次，所以異常整潔。這種抬轎子的人，都是經過訓練的高手，服裝整齊劃一，夏天頭戴紅纓子葦笠，冬季換戴冕高冠，冬夏一律藍色駕衣白布挽手，黑色紮腿套褲，白襪子灑鞋，走起來步履齊一，穩練飄舉，不到地頭，只准換肩，不准落轎，新人坐在轎裡，可比坐寧波花轎舒服清靜多啦。可是有一椿，轎子裡沒有垂腿地方，上轎後都得盤腿而坐，幸虧北方人從小習慣在匟上盤腿操作，在花轎裡盤腿而坐，似乎還不過分辛苦。可是南方小姐到北方出閣，讓她盤腿坐花轎，一坐就是一兩小時，喜轎到門，新娘子兩腿酸麻下不了轎，那是常見的事不算稀罕呢！

從南到北辦喜事所用花轎，都是向喜轎鋪租用的，據當年上海寧波同鄉會會長烏崖琴說：「有一位寧波同鄉，是位暴發戶出身，他的千金于歸，他認為租賃的喜轎，嘉偶怨偶都坐過的不吉利，於是自己訂製了一頂花轎。據說那頂花轎的造價，在當時可買一百畝地而有餘，當然是彩錯鏤金，華縟敻絕，沒想到造好之後份量太重，八人大轎，加了一倍轎伕，才順利完成嘉禮。喜事辦完，他把這頂喜轎捐贈給寧波同鄉會，以為辦喜事的人家必定是爭相借用，可是擱置了半年從沒有哪位同鄉借來使用，後來細一研究，敢情誰也不願多出一倍轎伕的力錢，後來只好當荒貨賣給撿破爛的了。」

官轎　就是所謂八抬大轎，顧名思義抬轎子的一定是八個人了。依照清朝定制，每晨朝參，武官騎馬，文官坐轎，到了同光年間有了玻璃篷馬車，大家為了舒服快捷，都改乘馬車，同時因為官轎用的人多，開銷太大，有的人改乘騾車，所以到了光緒末年，乘坐官轎上朝拜客的已經不多見了。早先按品級有綠呢官轎、藍呢官轎之分的，就轎子尺寸來說，是綠大藍小，方簷圓頂，窗牖明敞，倒也崇隆嚴麗，走起來雖然四平八穩，可是速度太慢，隨著時代進步，當然漸漸歸於淘汰。

小轎　清朝因為天街御路漫長綿邈，朝廷顧念勳臣耆舊，賞賜穿朝馬以供朝參乘騎，可是南人未習弓馬，不諳乘騎，於是賞坐小轎。這種小轎非常輕便，如同安樂椅加腳凳子而已，照例應當由四名小太監抬扶而行，可是實際都是由蘇拉們代勞，小太監們只是在兩旁隨行照顧而已，這種小轎僅在東華門、神武門行走，所以外間是難得一見的。有些樸實的京官，最怕賞乘小轎，三節給太監蘇拉的賞賜，少了拿不出手，多了又負擔不起，實在令人作難呢。

神轎　這種轎子是專供神像出巡乘坐的，北方只有東嶽廟、城隍廟備東嶽大帝、城隍老爺出巡專用，比起臺灣各廟宇的神像如關聖帝君、上天聖母、玄天上帝、東嶽大帝、霞海城隍都要巡行全域保境安民，所以臺灣省神轎之多，比起別的省份來，恐怕要多出若干倍。至於神轎，因為神像法身比常人雄偉健碩，所以尺寸也比一般轎子要寬大宏敞，不但窗牖四啟而且要鏤空實花，斑龍九色，轎內更是鋪錦列繡，彩牒玎璫，既壯威儀，更引善信瞻禮。神轎有別於一般轎子的是重簷四垂，堞欄出底，這些地方現在一般人已經不太注意，其實人轎跟神轎，是大有不同一望而知，是不容任便混淆的。

騾駝轎　這種轎子在飛機火車未設站通行之前，是旅行西北荒涼沙漠地帶的一種主要交通工具，現在是早已絕跡了。由騾馬駕轅走起來，踱步安詳，坐在轎裡毫無顛簸抖顫之苦，而且可以垂膝伸腿，當年先伯祖文貞公遠赴烏里雅蘇臺任所，出了玉門關，大半旅程，都是乘坐騾駝轎。有些重要奏摺就是在騾駝轎蹣跚其行中親筆寫的，奏摺的字要勻直細密，俗稱一炷香，不是轎行平穩，是沒法落筆自如的。

西北氣候晝熱夜寒，有時遇到龍捲風，人畜都要蜷伏偃臥，等狂風過去，才能再上征途，加上草十八站水源稀少，能有騾駝轎坐，算是最舒適豪華的交通工具啦。

領魂轎

北平有錢人家出殯執事中有所謂領魂轎者，也是四人抬，錫頂素圍，莊嚴肅穆。跟一般轎子不同的地方是轎子兩旁方窗，不用玻璃而用實地紗，據說用紗窗，是鬼可窺人，人不能見鬼，而且便於魂靈出入的，雖然迷信無稽，可是槓房供應喪家的領魂轎，兩邊窗戶一律都用玄色實地紗那是一點兒也不假的。這種轎子向不坐人，傳說有一家大宅門，戶主病故，靈未出堂執事擺了滿街，有個轎伕，要錢熬了一夜，躲在轎子裡打盹，不料就此一瞑不視，所以後來抬轎子的，誰也不敢在領魂轎裡睡覺，雖是鬼話連篇，可是言之鑿鑿，令人疑信參半。在南方大出喪，儀仗中也有一頂轎子，不叫領魂轎而叫「旌忠轎」，記得當年李仲軒（經義）病故後，在上海大出喪，他生前在清朝曾經開府西南，到了民國又擔任過十八天的國務總理，所以他故後遜清、北洋都有恤典封贈。大出喪時由旌表領先開路，緊跟著就是旌忠轎，所有褒忠狀表，要由一位未婚少男雙手持著坐在轎裡，送到營奠場所。當時筆者正在上海，所以這個差事就由在下承當了。這種八抬大轎固然是豁亮寬敞，走起來平穩不顫，可是從新重慶路到虹橋，走走停停足足磨蹭了四小時，可把人急壞啦。這種旌忠轎在北方出殯，還沒有誰家用過。

爬山轎 這種轎子轎杆子奇短，轎型取其輕便，也特別簡陋，可是每頂轎子要用五個人，轎子雖然二人抬，可是抬上半小時就要大換班，旁邊還有一個瞭高的，為的是山路崎嶇嶮巇，有人從旁幫襯，以策安全。到戒台寺、潭柘寺禮佛歇夏，上年紀的人多半要坐爬山轎，到妙峰山進香，要走一瞪眼、兩瞪眼、鬼見愁幾處岩崖峭豎的山路，轉折參差又多，轎杆子特短，所以才有「山兜子」別名。不過頂上支有單層布料篷子，可以遮陽避日，尤其妙峰山高巖四合，連峰鼎峙，都可以盡情瞻眺，風景之美，比起花蓮燕子口的風景，還要嵯峨壯麗呢！

民國十四五年左右，江浙一帶轎子已不常見，可是我每年總要去鎮江、南通公幹一兩次，從鎮江火車站經過京畿嶺，坡峻嶺長，黃包車上坡挽曳吃力，下坡人車懸空迅若奔馬，稍一不慎，小則車打天秤，重則人仰車翻，坐在車上真是提心吊膽，所以每次一出火車站只要有轎子接客，我必捨車而轎。轎子紮竹而成，布幃蘆屏輕巧舒適，上坡固然不甚吃力，下坡急走亦不擔心，一直到無人問津，轎子絕跡，改坐汽車之後，才不致視京畿嶺為畏途。凡是到過四川的人大概都坐過「滑竿」，所謂滑竿實際也是二人小轎，不過抬滑竿兒的人，老手新手差別很大，老於坐滑竿的人，坐定之後走不了幾步就能感覺出來抬滑竿的火候了。一般滑竿都很簡單實際，就是小圓椅，我友相倬兄說：「我坐過一次最豪華的滑竿，座椅靠墊都裝有彈簧，扶手也是軟綿綿的，坐在上面如安坐上等沙發上。」據說那副滑竿，是合川一位袍哥老大私人所有，抬滑竿兒的奉命送客，回程放空，我們相兄碰巧趕上開了一次坐豪華滑竿的洋葷。

抗戰之前到蘇州逛天平山，也有一種轎子可坐，形式大小，跟一般山轎大同小異，只是轎伕由健頎的男兒，改為妙齡秀髮的少女而已。有一次筆者同李榴孫、竺孫昆季、周滌垠遊完太湖，又到蘇州天平山看楓葉，一行四人雇了四乘山轎，周滌垠體重逾七十公斤，偏偏抬轎子的有一人是出道未久姣柔細嫛的少女，山程未半，她已慵喘咻咻。我們看她辛苦吃力，於是竺孫跟滌垠換轎而坐。那個嬌柔少女，名叫三囝，她自從換了較輕工作，精神大振，一路上指點山林言笑無忌，在回程時候，竺孫年少好弄，讓轎子倒抬，可以面對面言笑宴宴，清興不竭，那趟倒抬山轎逛天平山看楓葉情景，歷久不忘，算是坐轎子絕妙的一段趣事了。現在坐轎子已成歷史陳跡，就是隨便聊聊，也等於白頭宮女說天寶遺事了。

中國瑰寶萬里長城

地球上最偉大的建築物，可能要屬中國的萬里長城了。人造衛星在外太空拍攝送回的地球照片，諸如舉世聞名世界十大工程，在照片中都無法顯示，只有蜿蜒如帶的這條蟄龍——萬里長城，可以看得清清楚楚，這是太空科學家們提出來的報導，言而有據，不是隨便亂蓋的笑談。

最近中央社外電報導，中共招認：我國古代最宏偉的建築工程，聞名世界的萬里長城，目前已遭到嚴重破壞。中共新華社更進一步指出：「在河北省興隆縣，逶迤於群山之間的長城已被腰斬，城牆、城基被砸得一片稀爛，連附近一座烽火臺也被拆成一片廢墟，被夷平的基址上，有的墊上土，準備種地，經過實地測量，被破壞的那段，足有五百多里來長，這一帶長城，凡是靠近村落或山勢較緩的地方，都已拆毀殆盡，甚至於觀光勝地八達嶺，遊人舉目可見的地方，都未倖免。」

我看了這段消息，心裡真是甜酸苦鹹，百感交集，有一種說不出的滋味在心頭起伏。抗戰之前筆者奉鐵道部派駐北平辦事，凡是歐美研究地質鐵路、跟鐵道部有關係的學者專家來華考察，旅程只要包括華北，萬里長城屬於居庸關、八達嶺、南口這一段，那是必定列為觀光考察重點的。我第一次招待鐵道部的貴賓是比利時鐵路工程專家，他們一行五人，是有備而來，好像入太廟每事必問，事無鉅細，都要問個水落石出。我在大學讀書時期，每年春季旅行，就喜歡去南口、八達嶺攀登九塞，長嘯遐觀，在墱道雉堞間，總會發現古代戰爭所用金石箭鏃鏑，去一趟多多少少都要撿些這種形式不同的紀念品回來，可是對於長城各關隘的情形，始終不十分了解。

然而外賓如此重視，我又有引導參觀的責任，實在應當徹底研究一下，這種資料書上只有一鱗半爪，並不完全，幸虧我在北平圖書館碰到一位經管善本圖書的姚卓吾先生，他在光緒庚子年前後做了兩任居庸關把總，所以對當地一切情形瞭若指掌。據姚先生說：在河北省長城重要關隘有四處，古北口、居庸關、喜峰口、松亭關，元明清三朝都倚為北門屏障。喜峰、松亭距離北平稍遠，居庸關是北門鎖鑰，「居庸疊翠」又列為燕京八景之一，所以逛長城的，遊蹤所及，自然以此處為重點了。

長城為中國古代國防要塞，在戰國時代，燕趙秦就各築長城作為疆土屏障，到了秦始皇統一六國，才大舉發動民伕把首尾加綴起來，西邊從甘肅省安西縣布隆吉爾的嘉峪關起，橫貫河北、熱河、察哈爾、山西、陝西、綏遠、寧夏、甘肅八省，直線距離是五千五百四十里，約為地球周圍十二分之一，若是順著長城地勢，塹山堙谷，環帶起伏來測量，實際長度達一萬二千多里，所以叫萬里長城，並不算誇大其詞。城的高度從十五尺到三十尺，寬度十五尺到二十五尺，內填三合土，外用磚石砌建，極為堅緻，日久凝結，刀斧不入。城上外建雉堞，內護石欄，中有甬道，每隔三十六丈築有一座墩臺，舊時設官分守，常積熢燧。明朝定制，重要墩臺並另貯疙疸糞（**疙疸糞據說就是狼糞，其煙直上，風吹不斜**）三十斤，如有匈奴犯邊，白晝舉煙，夜間舉火。

居庸關青龍橋一帶，不但地勢屹屼嶮巇，而且名勝古蹟也特別的多。居庸關在察哈爾延慶縣平綏路築有車站，地勢居高臨下，俯瞰關城歷歷在目，兩山巉絕，中若鐵峽，是秦代興建的，北齊叫它「納款關」，唐代改名「薊門關」，元朝改名「居庸關」。明朝洪武元年大將軍徐達認為是邊防重鎮，又重修加固，城門上又建了一座雲臺，秦關麗堞，崇垣環互，氣勢雄壯之極。下闢甬道，以通車馬，洞壁遍嵌釋迦世尊、金剛力士，寶象莊嚴。工程精巧，另有西夏文《陀羅尼經》石刻，體勢勁媚，自成一家。關北在巉巖聳立的深澗中，有一方高空墜石，人稱「仙枕」，露在水面上有兩丈多高，有位太行散人在石上刻滿了詩句，可惜澗底幽暗，無有攝影。關西有一座李鳳墓，就是明武宗微服巡幸大同所遇酒家女李鳳，回京時候走到居庸關病歿，就在關西營葬，墓草糾繞，其白如雪，大家因叫它白塚，跟王昭君的青塚，都是塞上奇觀。萬山深處有一條懸泉，驚濤澎湃，如練如嘯，峭壁上鐫有「龍門噴雪」四個大字，筆力豪瞻，是明朝嚴嵩所寫，比北平六必居醬園那塊匾，寫得還要風神逸宕，可惜遠在深山幽谷，鮮為人知罷了。

當時我根據姚老所說，並搜集了不少照片，印成了一本中英文對照的手冊，送給外賓，免得自己多費唇舌。去年春天有位美國朋友漫遊大陸回到美國，曾經寫信告訴我說：「中共執政後，就公開揚言，長城是建築材料無盡的資源。前年在河北省的懷柔縣修水庫，泥土磚石都感缺乏，於是就動腦筋把長城炸毀了一段，大約有一百多里長度，把磚石運來築水壩。中共一動手拆城，老百姓也就毫不客氣，搬磚挑土，蓋房子鋪場院你拆我也拆，把個世界最偉大的建築，拆得柔腸寸斷，加上塞外風高，已經損壞得面目全非了。」一起先我還以為那位洋朋友過甚其詞，這座舉世無匹的大建築，中共正好大吹大擂，給自己充場面，又誰知他真的喪心病狂把這座千秋萬世之業的萬里長城給拆毀了！

老古董

水煙袋

水煙袋起源於什麼年代，目前已無可考，不過這種煙具，是老祖母時代產物，那是毫無疑問的。在晚清民初從南到北，無論是仕宦人家，或是市廛商賈，大家閒來無事，都喜歡捧著水煙袋，怡然自得，噴雲吐霧一番，蔚為馨香盈室，煙雲萬狀的情調，緬懷往昔，已經成為歷史鏡頭，渺不可得啦。

當年南北各省，雖然都流行抽水煙袋，可是水煙袋的款式大小、長短曲直，以及雕文鏤花，技巧各異，南裝北式一望而知。京式的水煙袋，都是雲白銅打造，講究大方厚重，煙管稍長，彎度不大，連繫筒管的地方，多半採用絲繩，或是絲線編織的瓔珞條子，那種絲絡悉出閨中女兒，巧手新裁，爭奇鬥勝，盛飾增麗，甚至有珠翠瑪瑙穿成鍊子的，彩錯絲帉，那就更增美觀，抬高水煙袋的身價了。

煙筒後方，有一帶折褶蓋盛煙絲的銅盒，煙筒兩旁，各有一隻銅槽套管，一邊放煙鑷子夾煙燼，一頭裝有一個小棕刷子，撣煙屑的煙籤子，另一邊是插點煙用火紙捻兒（又叫「火紙媒子」），是抽水煙袋必不可少的引火媒介。紙媒子的原料是裱心紙，先把紙裁成寸把寬的長條，然後搓成媒子，要訣是鬆緊適度，才能一吹即燃。小孩子學吹火紙媒子，一不小心燒了上嘴唇，那是常有的事。

水煙袋裡要灌上淨水，抽起煙來才會呼嚕呼嚕的響。一袋水煙吸完，首先要把煙袋鍋子拿起來把餘燼清除，再把煙袋裡的煙氣吹出，才能裝第二袋來吸，如果忘了把煙氣吹出，弄不巧煙袋水逆流而上，能弄一嘴又臭又辣的煙袋水，大庭廣眾之前，那就太尷尬了。煙袋鍋子上有一個鋼絲篦子，有個專門名詞叫「[illegible]」，粗細軟硬，講究甚大。篦子太密，容易阻塞，吸起來費力，又愛劫火；太稀疏，煙絲又容易下漏。行家買水煙袋，先看煙袋鍋的篦子如何，水煙袋的價錢也就決定於此啦。

從前大戶人家，一人有幾隻水煙袋，那是很平常的事，一家有五六位抽水煙，條案擺上十幾隻水煙袋，一點也不稀奇。水煙袋每天要用鹼水洗滌，另換淨水，沒有發明擦銅藥的時候，外面要用香灰擦得蹭光瓦亮，這項工作雖不費力，可是細瑣耗時，它跟冬季生煤球爐子，擦煤油燈罩，都屬於更房打更護院的責無旁貸的工作。

江浙一帶製造的水煙袋稱為蘇式，比起京式來嘴短而彎，玲瓏小巧，便於攜帶。當年上海北里名花四大金剛中有個叫林黛玉的，明眸善睞，環姿豔逸，鋒頭甚健。她到徐娘老去年齡，有人飛箋召花，她照出堂不誤，隨身有兩件古董，一是金鑲玉嵌的豆蔻盒兒，一是她精心設計的赤金水煙袋，嬴鏤雕琢，奪光粲目。她坐在客人身後，拿著金水煙袋，給客人撚火裝煙，姿態妙曼之極，據說她奉煙之後，再請客人嘗嘗她的檳榔豆蔻，那就是歡迎客人到生意浪坐坐的一種暗示了。

花國另外一個金剛是張玉書，她雖然是江北阻街神女出身，可是她躋身四大金剛之列後，凡事都要跟林黛玉一爭短長。她為了跟林黛玉別苗頭，也訂裝了一隻銀飾剔金的水煙袋，外面加上一隻煙袋套，兜羅緹繡，九色瓊花，繡工細膩之外，有人說套上裡外四隻帶蓋口袋，翻開複積，各有蘇繡秘戲圖一幀。後來這隻煙袋她送給名伶路玉珊，名琴票陳十二說他曾經瞻仰過，想來是不會假的。

袁寒雲的妻兄劉公魯，是上海灘有名的遺少，每天水煙袋不離嘴，每天要用二十多根火紙媒子，煙量之宏，可想而知。有一年況蕙風、朱疆邨、袁伯夔幾位遺老在他家詩鐘雅集，劉公魯連連得魁，高興之下，拿出一隻精美華貴的小巧水煙袋來，請大家鑑賞。他說是拿四個人頭大士，從伶人龍小雲手上換來的，龍伶曾經被林黛玉據為禁臠，那隻純金水煙袋是林黛玉遺物，料想是不會錯的。

北平有位資格很老的琴師叫耿么的，雖然在戲園子裡總是拉開場戲，可是有名琴師如陳鴻壽、楊寶忠、王氏兄弟少卿幼卿都給他磕過頭。耿老煙癮極大，除了在臺上做活，整天旱煙袋不離嘴，後來年老氣衰，一抽關東葉子煙，就嗆得咳嗽不停，於是改抽水煙。琴師的胡琴向來是加套拴在腰裡的，走起路來，一甩一蕩絕不打腿，耿老把水煙袋做套，也別在腰裡，一左一右，此飄彼蕩，清揚瀟灑，一點也顯不出累贅來。荀慧生的琴師趙繼羹（外號叫喇嘛）見獵心喜，學個兩個月始終走路打腿，耿么的這份絕活，後來也沒人敢學了。

北洋時代英國駐華公使朱爾典，是歐洲人中最欣賞中國水煙袋的，他說：「香煙、雪茄、板煙都嫌火氣太重；嚼煙、鼻煙，一個直接入喉，一個逕達鼻竇更不衛生，嘶傷呼吸器官。只有水煙，煙味柔和，又經過水的過濾，縱或有傷身體，亦極有限，所以用水煙袋吸，可以說是最衛生、最科學的方法啦。」他在任滿奉調返國之前，在前門外打磨廠鈺記專做水煙袋的作坊訂製一打水煙袋帶回英國送人，英國人才知道那是一種煙具。後來有些英國人到北平遊覽，都要尋找一兩隻水煙袋帶回去當紀念品呢！

廣州有一種水煙袋，煙嘴特長，故名「仙鶴腿」。這種水煙袋是專門給使喚奴婢的大戶人家使用的。早年廣東蓄婢之風，極為普遍，豪門巨室固然是侍婢成群，就是一般普通人家，養上幾個婢女，也是所在多有，所以一般人聽歌、鬥酒、賭博、談心，裝水煙的工作，就成了綽約兩髻的丫鬟雛婢的必修課了。這種水煙袋，可以從稍遠的地方，遞過來吸食，既可以無礙賓主之間款接洽談，如果有不願人知的背人秘語，也可避免被婢女們聽了傳揚開去。仙鶴腿水煙袋的形式除了嘴長身短，跟京式、蘇式水煙袋有別外，兩旁各有一隻矮胖煙盒，煙絲容量可多一倍。日前在民俗文物展覽會場，看見有幾隻水煙袋在會場陳列，獨缺仙鶴腿式樣的。我想現在香港古老書香人家，或許還有收藏這種老古董呢！

筆者幼年時節，看《兒女英雄傳》說部，看到安龍媒在淮安的茶館裡，正在東瞧西望，忽然覺得有一截冰涼挺硬的東西，突然往他嘴裡直杵，當時嚇了一跳，再一留神，敢情是一個形同乞丐賣水煙的，隔著幾張茶桌，宛若銀龍覓洞般，把一隻長煙嘴，愣往嘴邊塞了過來。文字寫得非常傳神，仙鶴腿水煙袋的嘴，已經夠長了，隔了幾張茶桌，都能把煙袋嘴伸過來，似乎寫得太玄了點。哪知抗戰勝利那年，蘇北光復，筆者奉派到蘇北里下河興化、泰縣、東台一帶公幹，偶然在泰縣北門外一家茶館喝茶，聽康國華說評書。

與我同去的陳仲馨兄，他是本鄉本土人，對於當地串茶館零食的小販，都極熟識。落坐不久，突然一隻天外飛來的水煙袋伸向他的嘴邊，他居然受之泰然的連吸了好幾袋，我仔細端詳了那隻老邁年高的水煙袋，煙袋嘴如同照相機的三角架，抻之即長，縮之則短，水煙袋上東補一塊紅銅，西銲幾滴錫珠，百孔千瘡，記齡至少是年逾花甲了。那位賣水煙的人長相如何不談，一頂棕色破氈帽，身穿一件老羊皮的大坎肩，沾滿油泥又黑又亮，所用紙媒子短而且粗，不用嘴吹，手指一彈，立刻點燃。當時我想這個手法如能學會，平劇有耍火彩的地方，火摺子一晃就燒，松香隨時起火，要耍什麼樣的火彩，立刻就能表現出來，那多有趣。

說評書的說到有「扣子」地方，就算一段，立刻停說打轉（書場裡要錢叫打轉），賣水煙的立刻走過來敬煙，大概抽上三五次，每次三兩筒，終場所費還不到半包煙捲錢呢！那次蘇北之行，沒想到居然還能一開眼界，看到了這種古老抽水煙的動作，可算眼福不淺。據說當年江東才子楊雲史的續配徐夫人有一隻慈禧太后御用水煙袋，而她吸煙的姿勢妙曼儼雅，更博得當時使節團各位公使夫人的稱讚，可惜這個風度修嫮的鏡頭未能留下照片，聽聽前輩們的描述，只有徒殷結想而已。

水煙袋各省製造的式樣，固然不同，就是吸水煙所用的煙絲，也是五花八門。

北方抽的煙絲有兩種：一種叫「錠子」，是冀東一帶產品；一種叫「潮煙」，是否廣東潮州產品雖不敢說，可是確實是南方運來的可以斷言。這種潮煙斤半一包，煙絲細而且乾，紮久成塊，打開紙包要先拿下幾塊，放在小瓷盆裡，上面蓋上一塊濕布讓它回潤，才能吸用。有人把鮮陳皮、鮮橘皮，或是檸檬、文旦皮，撕幾小塊跟潮煙一同悶上半天，煙香果香糅合一起，自然入口更覺馥郁。道地北平土住，吃不慣潮煙，他們把錠子摻上點蘭花籽，倒也清逸浥潤。福建的皮絲煙在抽水煙的人來說，可算煙中雋品，甚至南人客居此地，仍舊不忘託人到福州帶幾包丹鳳牌皮絲煙來抽，只要是抽福建皮絲煙的，十之八九是江浙一帶的人。也有人認為抽皮絲煙容易生痰，他們把蘭州的「青條」加上點杭州香奇來抽，不但增香助燃，抑且味薄而淡，倒也別有一番滋味。

當此醫學界整天大聲疾呼抽香煙容易致癌，而報章雜誌也一再報導因吸煙染患癌症死亡人數，一年比一年增多，一般癮士雖然看了圖表文字，也覺得怵目驚心，立刻想把香煙戒掉，可是戒不了多久，又一支在手，百無禁忌了。我的朋友中抽了戒、戒了抽的實繁有徒，想找一位戒煙之後，堅壁清野，始終未破戒的，可以說百不得一。朋友中有位熊公讀，當年在大陸，水煙袋整天不離手。自從浮海來臺，因為抽水煙的煙絲來源斷絕，只好改抽斗煙。有一天他忽發奇想，他認為臺灣省菸酒公賣局轄內有幾千菸農，一萬多甲菸田，拿個十甲八甲來試種一下能供抽水煙的品種，如果試驗成功豈不是愛抽水煙的人又有水煙來抽了嗎？也許有人認為現在是工業社會，再回頭抽水煙豈不是開倒車？要知道煙既然戒不了，家居燕息的時候，抽一兩筒水煙，不是也別有一番情趣嗎？

熊老的高論雖然有他的道理，可是臺灣的氣候、土壤是否適宜種植抽水煙的品種，那就有待菸產專家們的細心研究探討啦。如果將來真的有水煙可抽，我這戒煙十年以上的老槍，可能就要信心動搖，毅然破戒了。

老古董

春明燕九話白雲

北平最大的喇嘛廟是雍和宮，最大的道院是白雲觀，兩者相比，雖然雍和宮曾經做過雍正的潛邸，以佔地面積而論，白雲觀可比雍和宮大多啦。

白雲觀在北平西郊距離西便門只有二里多路，由元旦開廟，一直到二十五日才關廟門，算是一年一度的廟會結束，其中正月初八星宿殿祭星，正月十九日會神仙，是廟會期間兩個高潮。

依據蔣一葵的《長安客話》記載：「白雲觀即元時太極宮，內有丘真人遺蛻。真人名處機，山東登州府棲霞人，字通密，年十九出家為全真，在龍門山潛修，又學於寧海崑崙山，拜重陽王真人（嘉）為師。金世宗召至中都，講道於長春松島浮玉亭，因自號長春子，後還終南。元太祖即位，遣近臣劉仲祿，安車蒲輪，聘至當山之陽，設二帳於黃幄東，以便顧問。時太祖方西征，日事戰伐，真人與論道，言欲一天下者，必在乎不嗜殺，及問為治之道，則告以敬天愛民為本，問及長生之道，則以清心寡慾為要。太祖深契之，癸未乞還燕，封大宗師，掌管天下道教，使居太極宮。丁亥，易宮額曰長春，卒詔贈長春演道教主真人，正統三年重修易名白雲觀。」

以上記載就是丘處機大略的生平，正月十九日是丘真人的誕辰，自元明迄清，廟裡都舉行燕九會，因為那天又是另一位全真道人丘元清就閹之日，群閹趨赴膜拜，所以又叫「閹九」。有些年輕好弄之徒，藉著遊冶紛沓，致酒樗蒱，彈射走馬，所以「耍燕九」又是都門士女一項新正遊樂的好去處。

這個被稱為道教全真派第一大叢林白雲觀，是中國最有名的道觀，論年代總有一千多年，比江西龍虎山天師府的玉清金闕，似乎還要嚴麗弘敞。

觀裡第一進玉皇殿供的是昊天上帝，冕旒黼黻，博帶執圭，據說塑像是前朝一位名家塑造，至於出自哪位名匠手藝，因為年深日久，就沒法考查了。

第二進是靈官殿，這座殿原來供奉馬魁勝、趙公明、溫瓊、岳飛，道家所謂四大元帥的。清康熙皇帝對於岳飛抗金，始終沒有好感，若干關岳並祀的武廟，都經他改為關帝廟，此殿重新整修，馬、趙、溫三位元帥，受了岳武穆之累，一律除名，單獨改奉王靈官（名善），所以索性改名靈官殿。王靈官是一名玉樞火府天將，赤顏三目，金甲執鞭，宋徽宗時嘗從蜀人薩守堅傳受符法，永樂中敕建天將廟，宣德中改為火德觀，歲時遣官致祭。道觀之內塑有王靈官像，就如同佛教寺院之有伽藍，都是鎮山門、崇護法的措施，白雲觀是京都首席道觀，焉能沒有護法鎮懾，就此借詞把四帥殿改為靈官殿了。梨園中武生泰斗楊小樓是白雲觀出家的玄門羽士，對於白雲觀的一切，知之甚詳，所說當然是言而有據的。

第三進是七真殿，奉祀道教北宗七真人：丘處機、譚處端、馬鈺、劉處玄、王處一、郝太通、孫不二。這七位都是王嘉弟子，嘉字知明，陝西咸陽人，是道教全真派始祖，以儒教的忠孝、佛教的戒律、道教的丹鼎，熔冶於一爐，謂之全真教，後世道教奉為北宗之祖。

第四進是老律堂，道教以李耳為始祖，尊為太上老君，為老民戒律之堂，自明迄清，白雲觀歷代律師傳戒，皆在此堂舉行。到了民國北洋時期，有一年全真教舉行傳真大典，德國有幾位研究神學的，發現道家思想，無論在社會人生、政治思想、文學藝術、科技發展都有奧頤深秘的哲理，道家的宇宙觀是一切都順乎自然講求「無為而治」的。所謂無為，並非是說垂拱而治什麼都不做，它主旨是一切要順乎自然，不違逆自然法則，這跟西方哲學家所主張「只有服從自然，才能擒服自然」的學說是互相吻合的，於是十幾位神學院的學者，甘願遠來中土，傳習戒律，研究道家哲學。民國初年一般人還不懂什麼文化交流一套學說，白雲觀傳戒，驟然之間來了好多位洋道士研習律，於是引起了警方注意，當時警察廳總監是陳興亞，他密令各區署長嚴密查察他們有什麼不軌冀圖。區署署長中的延少白、吉士安、殷煥然都跟楊小樓有不錯的交情，恰好當時是楊小樓擔任傳戒的引禮師，經他把事跟延、吉、殷三人解釋清楚，傳戒大典才得以功德圓滿，順利完成。

第五進是丘祖殿，殿的中央，供長春真人塑像，玉輅卷雲，神姿高徹。據說當年劉元塑造這座神像三晝夜不眠不休，才完成初胚，是劉元傳世最精品之一，斐韡奐爛，令人望之生敬，座下埋藏真人遺蛻，道家稱之為「龍門祖庭」。像前有一木癭刳漆塗金缽盂，上廣下狹，式樣古拙，是真人遺留法器之一，金缽外刻清高宗御製詩，承以石座，是白雲觀鎮觀之寶。

最後一進三清閣，是兩層閣樓，雖然是明朝宣德年間興建，可是所用榱拱樑柱，都是元代木石，閣內供奉元始天尊、靈寶天尊、道德天尊，三尊塑像雖然也是名手塑造，但跟丘真人塑像的神儀內瑩一比，就可證明劉元手法技巧的確不愧是一代宗匠了。

在白雲觀後進西北角，有座星神殿，殿內分上下兩層，塑著各位星神座像，昂首怒目，皤腹低眉，龍驤虎踞，各極其致，每逢正月初八，晨光熹微，就擠滿了祭星的人啦。凡是祭星香客，一進殿門，隨便認定一位星宿，往右邊一尊一尊的往下數，譬如說您今年正好花甲之年，您就數到第六十位，再仔細端相那位星君的法身，神姿儀態，祭星的人往往越瞧越覺得自己長相跟星神有點彷彿，甚至於說得活靈活現，好像他就是那位星君下界轉世，這種自我陶醉心情，大家只有竊笑，大年下人人都圖個順當，誰也不願意說破，讓人家掃興呢。還有一種簡單順星方法，就是每位星神座下，貼有一張黃紙籤兒，註明那位星君是幾多歲的值年星宿，香客認準之後，就在那位星君座下，燒香、許願、給香錢、添燈油，也算心到神知功德圓滿啦。北平各庵觀寺院有好幾百座，可是，只有白雲觀有星神殿，所以每年祭星那天，僅星神殿一天所進的香錢，比一般廟宇一年的香火，還要旺盛多呢！

白雲觀從正月初一起車騎如雲，遊人紛沓，一直熱鬧到過完燕九節為止，正月廟會才算結束。二月十五是道教始祖太上老君聖誕，每年各地道眾真有不遠千里而來瞻拜的，因為白雲觀所藏道教歷史文物圖籍豐富淵雜，藏書中有一部道藏，計五千餘卷，所收多周秦諸子、晉唐佚書，有正統、萬曆兩種刻本。遠來道眾，只有那天才能一窺此奧頤寶藏，機會難得，所以道眾來得異常踴躍。字畫方面有開元石刻老子像，元無名子所畫《雪山應徵圖》長卷，那幅手卷寫元太祖、丘真人雪山晤談玄機，另有一方伏魔墨玉印，合稱鎮觀四寶，除非大有來頭的施主，等閒人是不容易觀賞得到的。

《帝京景物略》裡說：「群閹趨附，以丘長春乃自宮者。」雖然跟另一傳說丘元清自閹成道有異，可是從明代宦官東西兩廠權傾一時起，就把白雲觀當作太監們的祖師廟啦。清朝皇帝因為恪遵祖訓，對於內監管束嚴格，所以太監們還不敢過分恣意囂張，可是到了慈禧垂簾，安德海、李蓮英一幫閹人寵信日專，在光緒初年，白雲觀由一位叫高峒元的道士主持之後，白雲觀又車馬盈門，熱鬧起來。高道士不但神采雋邁，高超清曠，識見博雅，談吐流暢，就是衣著也冠佩雍穆，如神仙中人，他自從打聽出李總管是慈禧太后跟前第一寵監後，就處心積慮，想跟李總管親近結納。靠近什剎海的煙袋斜街有一家古玩鋪，是李總管歇班時候常去坐坐的地方，於是他下了工夫不時椎髻卉裳、衣冠齊楚的到那家古玩鋪去，把白雲觀歷代相傳下來的鏡、劍、鐸、印帶到那家古玩鋪，請鋪子裡高眼來賞鑑品評。皇天不負苦心人，有一天他在古玩鋪閒聊，居然碰巧李蓮英也到古玩鋪來，想找一隻玉翎管，正好相遇。高峒元長了一個上人見喜的面龐，童顏鶴髮，彷彿帶有幾分仙氣，加上剪裁合身藍寧綢道袍，腰繫金鉤綾帶的絲條，聲如戛玉，妙語便捷，李總管跟他一見投緣，從此越走越近，不久兩人就變成莫逆之交啦。有一次慈禧鑾駕去頤和園歇夏，正好西直門修路，只好改道從西便門出城，路經白雲觀，慈禧看見這座巍峨道觀，垣宇剝落失修，李蓮英抓住機會，將白雲觀來歷靈蹟描述一番，慈禧一高興，吩咐榮祿，由內務府撥庫帑一萬兩給白雲觀重修廟宇，再塑金身。太后撥庫帑的消息一經傳了出去，加上李蓮英的矯旨勸善，高道士乘機造謠，京裡的王公大臣、京外的督撫巨紳也湊趣解囊，不到三個月就募集了八九十萬兩銀子，於是鳩工塈黝，彩繪丹漆，奕奕奐奐，內外一新。高道士又攛掇李蓮英在老佛爺跟前遊說勸駕，開光那天恭請老佛爺御駕蒞臨燃燒第一炷香，不但可以增福添壽，而且是庇蔭大千、造無量功德千載難逢的機會。老佛爺平素篤信仙佛，聽了這話，到白雲觀開光那天，自然是御駕親臨拈香拜佛，高峒元當時召集全觀羽士，玄冠襈服，鳴鐘擊鼓，跪接恭迎，在三清殿念了一壇無量壽佛經給老佛爺祈福，同時用金漆木盤獻上一道靈符，說是丘祖向玉帝請來的，請老佛爺佩帶，可以庇佑她國運昌隆，與天同壽。

慈禧一高興，立刻加封高峒元為總道教司，賞賜玉鐸、明鏡、金印三樣法器，並且親自畫了一幅虯曲蒼勁、傲骨嶙峋的梅花中堂，以示恩寵。

高峒元自從晉封總道教司之後，氣焰聲勢日高，整天跟李蓮英、榮祿一幫在老佛爺跟前有財有勢的大紅人兒一塊兒廝混，從那些權臣寵監口中，有意無意之中，自然聽到不少的宮闈隱事、官場秘辛，他本是慣於出賣風雲雷雨的人物，趁此良機，就搞起賄官鬻爵的勾當來了。白雲觀僻處西郊，早晚進城出城極不方便，於是索性把前門外楊梅竹斜街萬福居飯館的東跨院包租下來，等於是白雲觀的下院，院落中布置得迴廊曲徑，綠竹扶疏，室內則珠箔銀鐙，湘簾棐几，排場豪華不亞王公府邸。高峒元對於割烹之道，也是高手，一味神仙湯，一盤高雞丁，他把不傳之秘，告訴了萬福居的頭廚，一直到民國初年，還有會吃的老饕到萬福居去品嘗高道爺的名菜高雞丁呢！

據說當年李鴻章在莫斯科所訂《中俄秘約》，俄國所用國際間諜，就是走的高道士門路，他蠱惑李蓮英遊說慈禧用聯俄制日攻守同盟，一套說詞打動她仇日心理，使得李鴻章得到慈禧暗中的維護，才能順利簽訂《中俄密約》。俄國歷史家羅曼諾夫所說，三百萬金盧布「李鴻章基金」如果屬實，則李蓮英之外高峒元所得大紅包可能也是大份兒，誰又想得到一個毛老道，能有偌大神通呢！

高老道對於他自己年齡，總是故示神秘，含糊其詞不肯告人，看他五綹長髯清疏如銀，最少有七八十歲，可是他步履矯捷，又有如健男一般，如果有人單刀直入叩問老神仙鶴算，他總是哈哈大笑說：「貧道當年伺候過宣宗皇帝，當時道光爺也問過貧道歲數，那個時候已經記不清了，時光彈指，日月跳丸，能吃便吃，能睡便睡，哪管它度過幾許歲月。」他這語帶玄機的措詞，反而令人莫測高深了。高道士是光緒三十三年羽化的，加上李蓮英給他撐腰，徒眾們又有些權臣勳戚的子弟，死後哀榮，自然是風光闊綽迥異凡流。北平名律師王勁聞有搜集喜帖、訃聞的癖好，他藏有三份訃聞，視為珍品，一份是孚威上將軍的，一份是伶界大王譚鑫培的，再有一份就是高峒元的了。高那份訃聞長有尺半，棕色紅蓋藍的官封，雕板木刻，宮裡上賞的物件，就排滿四五頁，列名徒眾又是四五頁，真是剞劂摛藻貫絕古今了。

故都梨園三大名媽

北平當年的名旦福芝芳，天天上「園子」有母同車，一些無聊的捧角家，渴欲望見顏色，一傾衷曲，卻又怕其母如虎，只得寫好情書往車裡扔，這下把福大奶奶惹翻了，她手執長鞭，坐上車頂，只要有人靠近，往車裡扔東西，她便揮鞭，抽得人鼠竄而逃。

近年來凡是有點名氣的歌星或影星都有一位星媽跟出跟進，星媽們照顧明星的飲食起居，幫忙化妝，整理服飾，母女貼心總比外人來得細心周到，原屬未可厚非，可是有些星媽躋身名媽之林後，不但公然自居明星的經紀人，甚至在言談舉止上，處處都要擺出皇太后姿態來。有位娛樂界的朋友說：「如今三百六十行之外，又添了星媽這一行了。」

其實星媽這一行，早在本世紀以前，故都梨園行就有了這種行當，不過不叫星媽，而叫名媽而已。

當年北平第一號名媽要算福大奶奶。福大奶奶在旗，青年孀居，只生一女就是梅蘭芳繼配福芝芳。福大奶奶人高馬大，嗓音洪亮而且辯才無礙，髮卷盤在頭頂上，可又不像旗髻，喜歡穿旗袍坎肩馬褂，跟當時蒙古卡拉沁王福晉同樣打扮，市井好事之徒給她起了一個綽號叫「福中堂」。福芝芳初露頭角，是在北平香廠新世界大京班唱到第三齣，她頗有母風，身量高嗓子衝。有一些大學生組織了一個「留芳小集」，天天到新世界去捧場，福大奶奶把那幫人敷衍得很周到，報紙上天天可以看到捧福芝芳的詩詞文章，所以在新世界除了金少梅，福芝芳漸漸就混成角兒了。

福芝芳天天上園子是坐包月的玻璃篷馬車，當然是母女同車，既能作伴又盡保護之責，有一些無聊的捧角家，渴欲望見顏色一傾衷曲，可是又怕福芝芳有母如虎，誰也不敢招惹。後來有人想出高招，寫情書往馬車裡扔，起初福大奶奶尚沒加以理會，不久變成不堪入目的裸照春宮，這下可把福大奶奶惹翻了。她不坐馬車裡面，而是更上一層，跟趕馬車的並肩而坐，手持長鞭，看見有人靠近馬車只要往車裡一擲東西，她就長鞭一揮，抽得人鼠竄而逃，從此「福中堂」大名算是叫響了。

盛京將軍三多（六橋）自東北交卸返平，因為他的西斜街的新居尚未完工，他深愛舍間別院雙藤老屋翠雲嘉陰、雅韻清涼，就借來暫住，後來新屋落成，全眷遷入。六橋先生長公子舒鐸兄時在農商部供職，舍間跟農商部咫尺芳鄰，為了趨公方便，所以他跟一位幕友金巨川仍住舍間。舒鐸在偶然機會認識了福芝芳，對她的色藝極為欣賞，聽歌捧場，手面闊綽大方，福大奶奶細心打聽之下，才知張是世家公子（**舒鐸是蒙古鑲白旗，漢姓張**），文采風流，而且無不良嗜好，於是使出全身解數，奉承巴結，很想讓張舒鐸早點量珠載去。因為當時中國銀行總裁馮六爺耿光，自從梅蘭芳原配王氏病故後，正在給蘭芳物色佳偶，想給梅福兩人撮合。在福芝芳能配玉人，心裡自然十分情願，可是福大奶奶看法可就不同啦，她知道蘭芳賦性忠厚老成，梅的財權完全被馮六爺掌握，雖然家大業大，等於守著餅挨餓，所以對這樁婚事，從心眼兒裡反對，如果福芝芳能夠于歸張氏，就可以擺脫馮的糾纏了。

恰巧福芝芳跟馮蕙林新學《女起解》，還沒露過，張舒鐸朋友們一起鬨，叫了一桌泰豐樓酒席，就在舍間客廳用圍簾隔出上下場門，加鋪一張地毯算是舞臺範圍，唱了一齣軟包堂會《女起解》，由一斗丑配崇公道。新聲初試，而且近在咫尺，意境跟臺上臺下又自不同。從此每隔一兩個月，凡是福芝芳學會一齣新戲，張舒鐸總要假座舍間先唱一次軟包，等於響排，然後登臺爨演。後來三六橋恐怕乃子沉迷聲色，耽誤前程，想法調往武漢工作，福大奶奶大失所望，又扭不過人情面子，加上銀彈誘人，答應把女兒嫁給小梅。不過有一條件，就是梅家財權要歸她女兒掌管。後來福芝芳嫁給蘭芳，發現梅的財產全是銀行股票，通通歸馮六爺保管，福大奶奶天天逼著蘭芳實踐諾言，陸續把股票收回；從此福、馮結怨甚深，最後才上演鳳戲龍，蘭芳偷娶孟小冬的鬧劇。

梅蘭芳赴美公演時，福芝芳正有孕在身，梅原打算帶孟小冬到美國觀光一番，誰知被福大奶奶窺知個中秘密，愣讓福芝芳挺著大肚子送蘭芳登上總統號郵船，看著郵船啟碇，才乘渡輪上岸，害得孟小冬空歡喜一場，這些都是那位名媽的傑作。最近傳聞福芝芳今年二月間病故，她那位名媽遙想更是早離塵世，想起當年她周旋應對，面面俱到，儘管愛財如命，可是當面絕不令人難堪的詞令手段，名媽一詞確實當之無愧。

第二位名媽要算尚小雲的母親。尚小雲有人說他是清初三藩尚可喜的後裔，不過等小雲出世，家裡已經貧無立錐，乃母靠著換肥得籽兒維生了。這個行當是北平貧苦無依婦女們的專業，每天早晚沿街吆喝，誰家有破布碎紙、玻璃瓶子、洋鐵罐兒，她們都可以接受換些肥得籽兒，或是丹鳳紅頭火柴。說到肥得籽兒，就是在大陸，已經若干年沒人使用了，現在年輕朋友不但沒見過，可能連聽都沒聽說過，現在梨園行管梳頭桌的師傅們，如果是從大陸來的，占行貼片子，大家都還用過肥得籽兒。尚老太太就是以此餬口，等到小雲長到十歲左右，長得雖然眉清目秀，可是生活越過越艱難，萬般無奈，乃經人介紹，就把小雲典給那王府當書僮了。

小雲做事便捷伶俐，頗得那王府上下的歡心，可是他有個毛病，整天到晚喜歡哼哼唧唧唱個不停。那王看他是個唱戲的材料，於是把尚老太太找來，說明典價不要，把小雲送到戲班學戲，問她願意不願意？尚老太太一琢磨，當王府書僮將來不見得有什麼大出息，如果在戲班裡唱紅，他們母子可就有了出頭之日了，不過她有個要求，就是小雲身子羸弱，最好讓他學武生，鍛鍊一下身體。戲班的學生，本來是由教師們量才器使，決定歸哪一工，現在由那王保薦指定學武生，當然照樣無誤，所以後來尚小雲在四大名旦中武工最確實，唱《殺四門》、《竹林計》、《刺巴杰》能打能翻，唱大義務戲反串《溪皇莊》、《八蜡廟》開打火熾勇猛，梅、程他們都自愧不如，這都是尚老太太讓他學武生紮下的根基。尚老太太對於那王府感恩戴德畢生不忘，她對那王跟福晉的壽誕記得最清楚，總是在生日前一個月就攛掇小雲去趟那王府攢一檔子堂會戲。他有新排尚未公演的戲，總是在那王府先露，而且純粹孝敬，分文不收。

尚小雲琴師趙硯奎為人四海圓到，又得尚小雲的支持，所以做了五六任梨園公會會長。趙硯奎一到尚家來研究唱腔或是吊嗓子，尚老太太必定出來跟趙硯奎聊聊，凡是聽到同行有疾病死亡，總是解囊相助，尚小雲在梨園行博得「尚五十」善名，就是只要梨園行朋友登門求助，最少是五十元出手，彼時一袋洋麵三塊二毛，五十元可真不菲了。尚老太太常說：「咱們當年窮苦無依，知道窮人的苦處，現在託老天爺的福，有碗舒心飯吃，只要力之所及，就應當多幫幫貧苦人的忙。」所以尚老太太故後，身後哀榮比起譚鑫培出殯的風光，也未遑多讓呢！

吳素秋的母親吳溫如跟馬連良同號而不同姓，在故都梨園行也是名媽中佼佼者。吳素秋考入北平戲曲學校學戲，取名玉蘊，跟戲校四塊玉——侯玉蘭、李玉茹、白玉薇、李玉芝同期習藝。吳溫如把女兒送入戲校，就胸懷大志，矢志要女兒出類拔萃成個名角，所以每逢歇官工，總會請素秋的老師們到家裡來吃喝招待。諸如芙蓉草、律佩芳、沉三玉、閻嵐亭對吳素秋都特別關照，指點上不厭其煩細膩認真，吳素秋也能勤學苦練，所以她在玉字輩裡成為漸露頭角人物。不料好景不常，吳素秋跟王和霖發生了桃色糾紛，彼時王和霖在戲校是當家老生，如果開除，對戲校的實習公演影響太大，權衡利害，以記過了事，旦角方面有四塊玉當前，吳素秋就受到勒令退學的處分了。有人慫恿吳溫如以處分不公跟戲曲學校大鬧一通，吳溫如頗識大體，認為這種不名譽的事，吵鬧到最後，還是自己吃虧，何況民不鬥官，自己女兒也不能說沒有錯呢！

女兒既已投身梨園，天分又不錯，不如從梨園這條道一直走下去，於是吳玉蘊改名吳素秋鑽頭覓腦拜在尚小雲門下。起初小雲因為戲校校長金仲蓀跟程硯秋交非泛泛，而硯秋又是戲校常董，恐怕引起誤會，不敢收這位女徒弟，吳溫如於是又施展她八面玲瓏的手腕，取得金仲蓀的承諾，再加上整天跟尚老太太磨煩，小雲迫不得已才正式拜師收徒。一個認真教，一個用功學，所以過了不久，吳素秋就在她能幹的名媽東奔西走努力之下自己挑班唱戲，一齣《義勇白夫人》文武不擋，唱作俱佳，奠定了後來跟童芷苓平分秋色的局面。吳素秋在天津中國大戲院演戲時住頤中大飯店，而吳溫如為了節省園子裡開支，到天津總住元興旅館。這位名媽經常跟梨園行的經勵科打交道，經勵科最難纏的人是外號李鳥兒的李華亭，為人陰毒狠辣兼而有之，李常跟人說：「天不怕，地不怕，就怕吳溫如說了話，吳辦交涉從來不說一句不在理上的話，她用大理把您那麼一蹻，您有什麼高招也使不出來了。」

從李鳥兒這一番話，這位名媽的道行有多高，就可想而知啦。現在星媽多如過江之鯽，跟從前名媽一比，雖然在錢上都很認真，可是從談吐處世分寸來講，那就大有今不如昔之感了。

後　語

自從民國六十五年乍還初服，閒中無聊陸續寫了《中國吃》《南北看》《天下味》《故園情》幾本不成氣候的小品文，承海內外的讀者熱烈捧場，因此交了不少朋友，偶或親友晤敘，倒也添了若干談話資料，近年來搜集存稿，居然又有二十萬字左右了，寫小品文不難，只要抓住題目有資料，划拉划拉就是一篇，因為我寫文章是信手寫來，整理之後，才覺得雜亂無章，想給書起個小名可就煞費周章了，太雅未免顯得不合時宜，太俗又引不起讀者興趣，思來想去，還是等等再說吧！

最近大地出版社姚宜瑛女士來寓，一再鼓勵我出書，經互相磋商結果一本取名「老古董」專講掌故逸聞，一本取名《酸甜苦辣鹹》專談吃吃喝喝，復蒙陳紀瀅鄉長寵賜一篇詞多溢美的鴻文，拳拳厚愛，時銘心版，這次出書，多承姚女士設計封面，編排校正，一併在此申謝。

民國六十九年雙十國慶日於初衣小築。

老古董 / 唐魯孫著. -- 六版.-- 臺北市：大地,
2020.01
面： 公分. --（唐魯孫先生作品集；1）

ISBN 978-986-402-326-4（平裝）

855 108021969

老古董

唐魯孫先生作品集 01

作　　者	唐魯孫
發 行 人	吳錫清
主　　編	陳玟玟
出 版 者	大地出版社
社　　址	114台北市內湖區瑞光路358巷38弄36號4樓之2
劃撥帳號	50031946（戶名：大地出版社有限公司）
電　　話	02-26277749
傳　　眞	02-26270895
E - mail	support@vastplain.com.tw
網　　址	www.vastplain.com.tw
美術設計	博客斯彩藝有限公司
印 刷 者	博客斯彩藝有限公司
六版一刷	2020年1月

大地

定　　價：280元